Author
RYOMA
Illustration
黒井ススム
クラス最安
られた俺は、
実
のパラメーター
I was sold
at the lowest price
in my class,
however
my personal parameter is
the most powerful

——立ち上がる白き鎧！
nanami
ナナミ
孤児で奴隷として生活していた、心やさしい少女。勇太と出会い、彼が再起するきっかけとなる。
pharma
ファルマ
勇太たちを雇ったある貴族の娘。「半獣」という呪いを受けており、人目を避けて暮らしていた。
yuta
勇太
戦乱の異世界に召喚された高校生。異世界の技術を動かすのに必要な「ルーディア値」が最低値と判定され、奴隷に身を落とすが……？

『最安値』少年の
反撃が始まる!!

mechanic design

アルレオ
Aruleo

稼働しないため、芸術品として倉庫に保管されていた旧型の魔導機（この世界での主要な人型機械）。ルーディア値最低の勇太が何故か起動に成功する。武装は特に用意されておらず、全て一般流通品を使用する。名前は、勇太が昔見た白いライオンの子供が活躍するアニメから命名された。

front

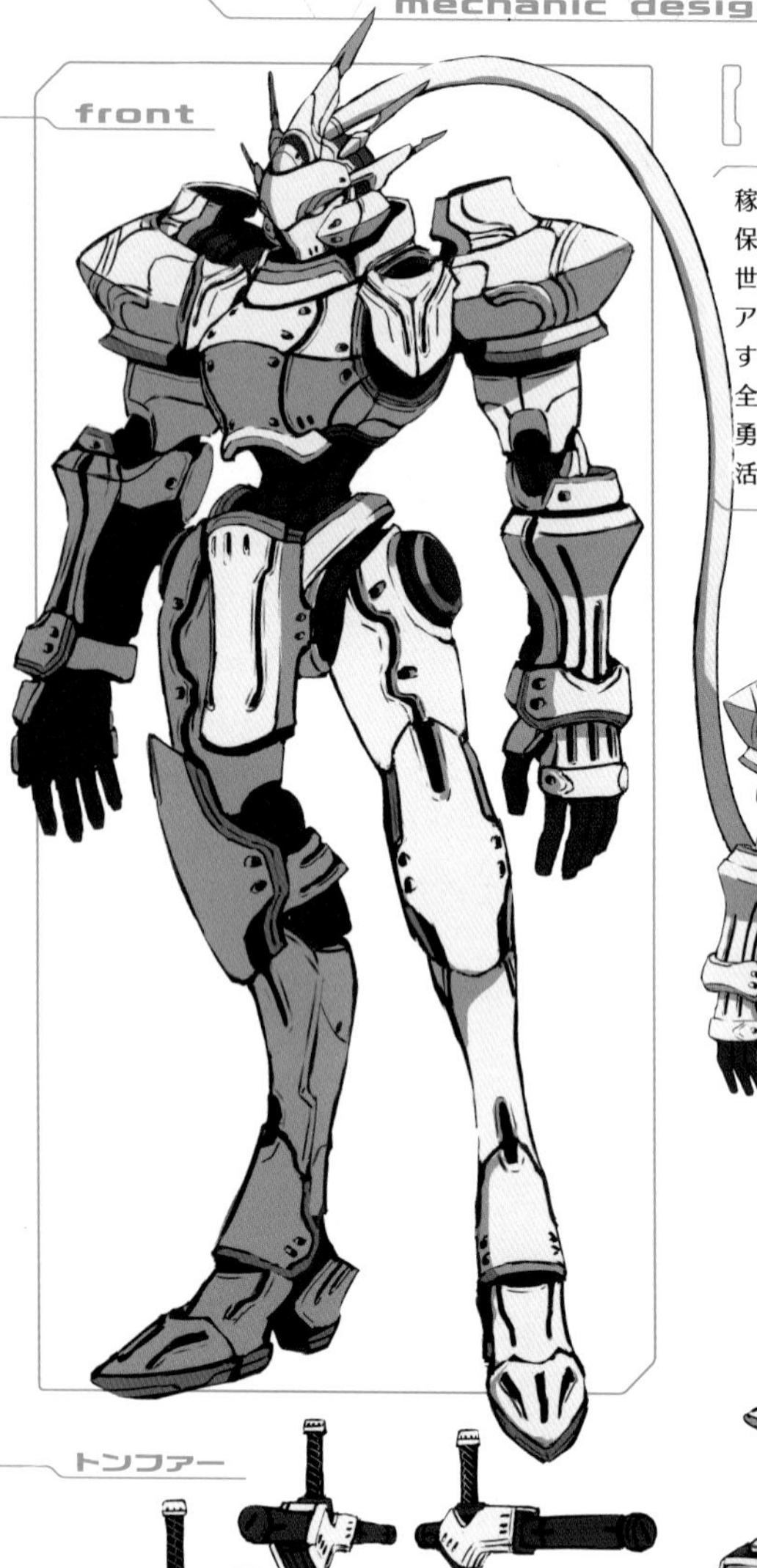

rear

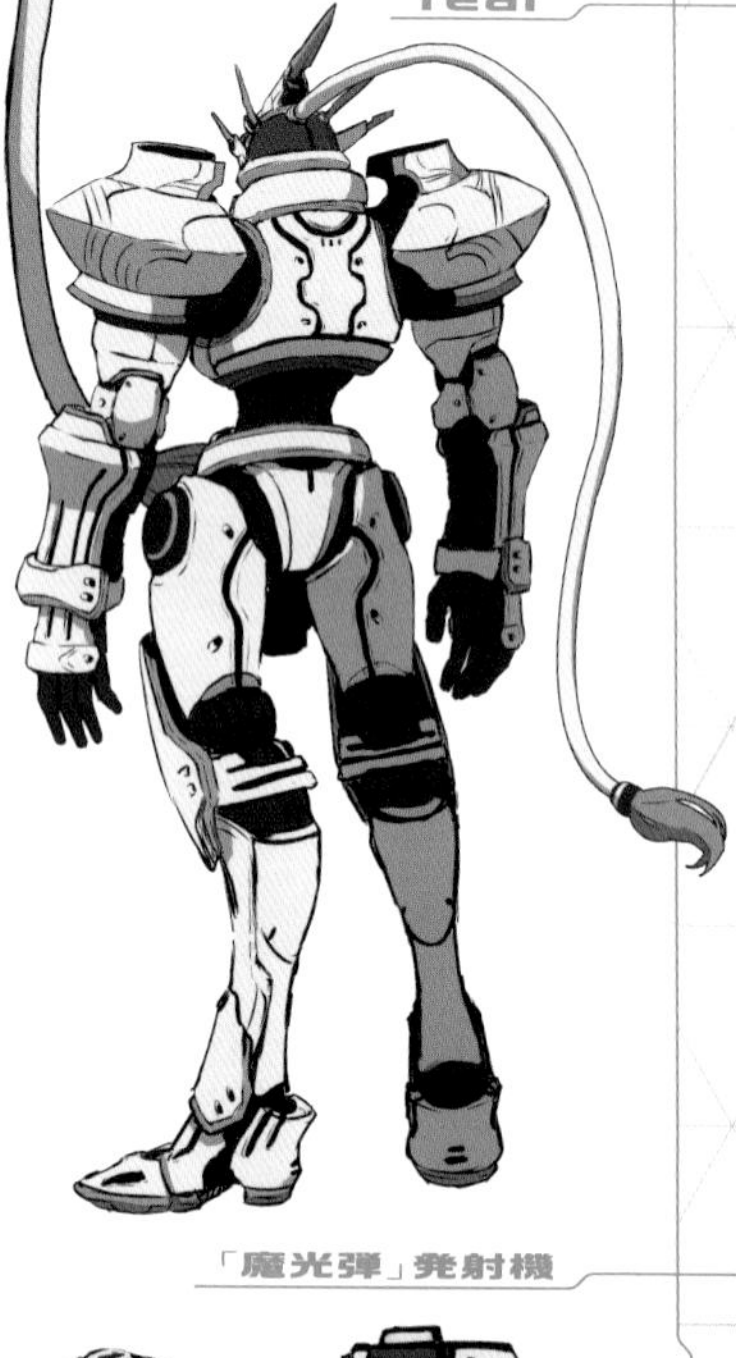

トンファー

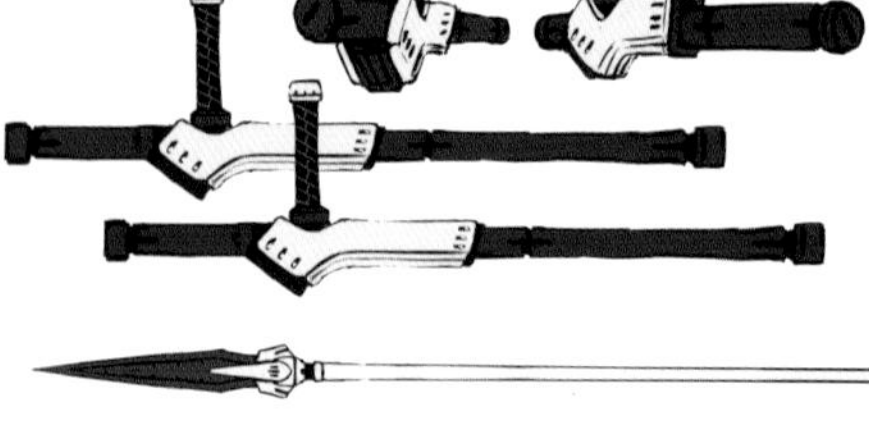

「魔光弾」発射機

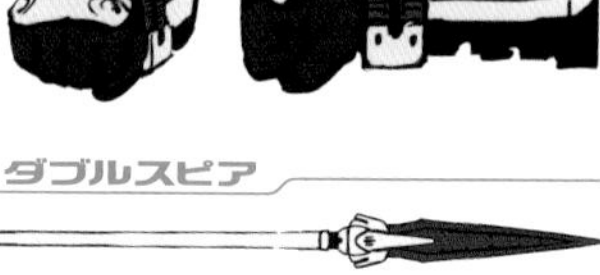

ダブルスピア

クラス最安値で売られた俺は、実は最強パラメーター

I was sold
at the lowest price
in my class,
however
my personal parameter is
the most powerful

Author
RYOMA
Illustration
黒井ススム

一章 売られる二年三組

修学旅行——俺はこの日を待っていた……一年からずっと好きだった白雪結衣《しらゆきゆい》に告白しようと思っているからだ。

「ちょっと、なにガチガチに固まってるのよ、もしかして今から緊張してんじゃないよね」

純粋な男心もわからずそう言うのは俺の幼馴染《おさななじ》みの渚《なぎさ》だ。本当にデリカシーのない奴だ、ナーバスになっている幼馴染みにもっと気を使えよ。

「き……緊張なんかしてねえよ！」

「嘘《うそ》言いなさい、勇太《ゆうた》がそんな顔してる時は緊張で何も考えられない状態の時でしょう。あんた、告白するのは三日目の夜でしょ？　初日でそんな状態になってどうするのよ」

そう、告白の予定は三泊四日の三日目の夜、今は修学旅行初日、まだ三日もあるのだ。

「わかってるよ、たく……幼馴染みが一世一代の大勝負するんだからもっと気を使えよな」

「無償で、告白に協力してあげる心優しい幼馴染みに向かってなんてこと言うのよ、そんなこと言うなら協力してあげないわよ」

「す……すんませんでした！　もう生意気言いませんので協力してください」

「わかればよろしい。でも、本当に告白するの？　やめるのなら今よ、相手はクラスどころか全校生徒、いや私たちの街でも屈指の美少女、白雪結衣なのよ、あんたとなんて不釣り合いすぎて——」

「ふっ……たとえ攻める場所が難攻不落であろうとも、俺は諦めなどしない！」

「難攻不落くらいならいいけどね」

幼馴染みとの不毛な会話の途中、異変が起こったのはその時だった。俺たちが乗っているバスが異常な感じで揺れた。

「なっ、なんだ、地震か！」

地震にしては様子がおかしい、外の風景が妙なものに変わっていたのだ。なんともカラフルな色の模様で、モヤモヤと大量の煙が立ち込めているように渦巻いている。

そして、さらに大きな揺れが起こると、バスはドスンと高いところから落下したような感じで強い衝撃を感じた。

「なんだよ、何が起こった！」

「いや、崖から落ちたんじゃないの」

「落ち着いて、みんな……」

「南《みなみ》先生、どうなったんですか」

担任の南先生が必死で俺たちを落ち着かせようとするが、一度火のついた騒がしさはなかなか静まらない。

――ガチャ！　その時、バスのドアが勢いよく開けられる。そして中世の兵士のような、よくわからない格好の人が突入してきた。

「全員、ここから出ろ！」

「なんだよ、お前たち！　どうして出なきゃいけないんだよ」

クラスで一番のイケイケな舟塩《ふなしお》が、その兵士に食ってかかる。すると兵士が、持っていた槍《やり》で、舟塩の足を殴った。

「いて！」

「次は突き刺すぞ」

そう真顔で言われると、さすがの舟塩も黙り込む。

「とりあえず、みなさん、言われるように外に出ましょう」

南先生がそう指示したので、俺たちはバスから外に出た。外に出ると、俺は一番最初に白雪結衣の姿を確認した。彼女は少し怯《おび》えた感じであったけど怪我《けが》とかはしていないようだった。よかった無事でと心の底からそう思った。

「勇太……怖いよ……ここ、どこなのよ」

渚が珍しく弱音を吐いてくる。渚の実家は合気道の道場で、小さいころから鍛えられていることもあり彼女は確か有段者の腕前である。下手な男子が束になってかかっていっても勝てないくらいの猛者だが、そんな渚でもこの状況には恐怖を感じるようだ。

「大丈夫、危害を加える気ならとっくにしてると思うぞ」

根拠はないが安心させる為《ため》にそう言った。渚はその言葉に少しは安心したのか表情が緩む。だけど、それでも俺の服の袖を摑《つか》んでいる手は離さない。

バスの外は、原始的な作りの建造物が並び立つ昔のローマの街並みのようだった。その光景を見て、オタクでゲーム好きの田畑波次《たばたなみつぐ》がこう叫んだ。

「異世界転移だ！　ここは絶対異世界だよ！　すげーまさか本当にこんな世界があるなんて！」

異世界か、確かにそう考えでもしないと説明がつかないな。しかし、よくこの状況を喜べるな……。

全員が外に出ると、バスは変な機械にどこかへ運ばれる。人型でロボットのように見えるけどなんだろう？　原始的な文明のように見えるけど、所々で機械っぽいものも見かけたりして、文明レベルがよくわからない。

「よし、全員、こっちへ来い」

数十人の兵士に囲まれて、俺たちはどこかへ移動させられた。まあ、少しは予想していたが、そこは大きな牢獄《ろうごく》であった。

「全員入れ！」

「なんだよ、どうしてこんなところに入れられないといけないいんだよ」

「いいから入れ！　次、余計なことを言ったら刺し殺すからな」

そう脅されたら誰も文句は言えない。俺たちは大きな牢獄へとまとめて入れられた。

しばらくすると、兵士とは違う服の、少し偉そうな男が牢獄の前にやって来た。そいつはこんな話を始めた。

「いや、乱暴な真似《まね》して悪かったね。私はこの召喚所の所長で、バーモルというものだ」

「召喚所ってことはやっぱりここは異世界なのか！」

波次が嬉《うれ》しそうにそう言う。

「そうだね、君たち地球の人間からしたら異世界というものになるんだろうね」

「地球って……貴方《あなた》たちは私たちが地球の人間だってことを知っているんですか」

南先生がそう聞いてくれた。

「もちろん、君たちが地球人だとわかって召喚しているからな」

「どうしてそんなことを……」

「うむ、それではなぜ君たちがここへ召喚されたか説明しよう。この世界では魔導機《まどうき》と呼ばれる旧魔導文明の道具が、建築、土木、運送など、あらゆる場面で使われてるのだが、その魔導機は特殊なエネルギーとリンクして動かさなければいけなくてね……この世界、ファルヴァの住人は、そのエネルギーが強い者が少なくて、絶対的に魔導機の操縦者が足りないのだよ」

「それはどういう意味ですか？」

「君たち地球人は、その多くがその特殊なエネルギー……我々はルーディアと呼んでいるのだが、その値が高いのだ、だから膨大な予算と資材を使って、こうして召喚儀式で定期的に地球から地球人を召喚してるのだよ」

「そんな勝手な！　私たちの意思は無視ですか！」

「まあ、悪いとは思ってるが、この世界での魔導機の操縦者は地位が高い、悪い生活ではないと思うよ」

どうやら俺たちに拒否権はないようだ。渚が俺の服の先を強く握って不安そうな顔をしている。

「とにかく、明日には君たちは売りに出される。ルーディア値が高ければ高いほど良《い》い場所に買われるだろう、自分のルーディア値が高いことを祈って今日はゆっくり休むといい」

そう言い残して召喚所の所長は去っていった。

所長が去ってからしばらくして食事が運ばれてきた。メニューは小さなパンとスープ、それにふかした芋のような食べ物で、お世辞にも豪華とはいえない。他に食べる物もないので、仕方なくそれを口に運ぶ、想像通りというか、やはりそれはあまり美味《おい》しくはなかったが、空腹なこともあり、総《すべ》て平らげた。

腹は満たされたし、やることもないのでとりあえず寝ることにした。女も男も同じ牢獄なのだが、自然と女子は女子でかたまり、男子も近くへと集まっていた。

「勇太……俺のルーディア値ってどうなんだろうな」

寝ようとするのを邪魔するように、クラスでは比較的仲の良い原西裕司《はらにしゆうじ》がそう話しかけてきた。

「なんだよ、原西、状況を受け入れるのが早いなお前」

「だってよ、高ければ高いほど好待遇なんだろ、やっぱり高い方がいいよな……」

原西とそんな会話をしていたら、金持ちでちょっと気取った感じの御影守《みかげまもる》が、珍しく自分から俺たちの会話に入ってきた。

「君たちはどうかわからないけど、まあ、僕の数値が高いのは間違いないだろうね」

「なんだよ、御影、お前、自信があるのか」

「そうだね、ルーディア値がどんなものかは知らないけど、その人間の本質的な価値はやはり誤魔化せないんじゃないかな、そうなるとこのクラスでは僕か、女子の白雪結衣が高いと思うよ」

御影のその自信の根拠が何かはわからないけど、白雪結衣が高いのはなぜか俺もそう思う。

そして次の日、俺たちは牢獄から出され、無機質な大きな部屋に一列に並ばされた。それから変な丸い板の機械の上に一人ずつ立たされていく。この時にはみんな抵抗するのも諦めていて、黙ってその列に並んでいた。

一番は運動神経が抜群のサッカー部の岩波蓮《いわなみれん》だ。岩波が丸い板の上に立つと、機械の前で何かを確認していた男がこう叫んだ。

「12000だ、1万超えのハイランダーだ！」

そう言うと、周りの人々がザワザワと騒ぎ始めた。

「一人目でハイランダーだと、今回の商品はとんでもない高品質なんじゃないのか！」

「もしかしたら久しぶりにダブルハイランダーが出るかもな」

周りの大人たちは思い思いにそう会話をしていた、どうやら1万超えが一つの基準のようで、興奮したように1万を超えた岩波を話題にしている。

岩波はそのまま次の部屋へと移動させられた。そして次の奴が丸い板に乗せられる。次は根暗で大人しく、クラスでも目立っていない榊春馬《さかきはるま》だ。

「榊だぜ、あんな根暗どうせ低いだろよ」

「だな、俺、榊より低かったら生きていけねえわ」

しかし、榊の数値は、そんな陰口を言っていた連中の口を塞いだ。

「に……29000だ！　ダブルハイランダーだぞ！」

「凄い……しかももう少しでトリプルじゃないか……」

本人は全然喜んでいないが、周りの連中は大騒ぎになっている。それだけ凄《すご》いことなんだろうけど、俺たちにまだピンときていなかった。

「ハイランダー以上が二つも続くとは、やはり今回は当たりを引いたようだぞ」

「そうだな、これは期待ができるぞ」

そんな大きな期待を受けたが、その後は1万を超える数値はしばらく出なかった。2000とか3000台で、周りの大人たちもちょっとガッカリしている。ちなみにさっき榊より低かったら生きていけないと言った香山は2200であった。

そして、次の盛り上がりはやはり、彼女であった——。

「でっ、出たぞ！　トリプルハイランダーだ！　36000はここ数年で最高数値だぞ！」

白雪結衣、やっぱり普通とは違う才能があったんだな。

トリプルハイランダーとはそんなに凄いものだろうか、周りの盛り上がりは異常であった、まるでお祭り騒ぎだ……。

さて、次は幼馴染みの光里渚《こうさと》だ、まあ、あいつはたいしたことないんじゃないだろうか、そう思ったが意外に頑張ったようだ。

「6500だ、ハーフレーダーだな」

白雪の36000が凄いので目立ってないが、ここまで、5000を超えてるのは二十五人中、五人だけだ、だからかなり上位なんだけど——まあ、数値が高かろうが低かろうが渚は渚だからな。

「よし、次は俺の番だな！」

そう息巻いて原西が丸い板の上に乗った。

「３３００だ」

「え？　すみません、何か間違ってませんか？」

「なんだ、間違ってない、お前は３３００だ」

「いや、そんなはずは……もう一度測ってくれませんか？」

「たく、ほら、もう一度乗ってみろ」

もう一度測ってもらったが、数値はやはり３３００であった。

「ええ！　そんなバカな！　いや、なにかの間違いでは……」

「いいから行け！」

そう言われて仕方なく次の部屋へと移動させられた。

「１１０００、ハイランダーだ！」

そう言われたのは御影だった、原西と違ってこちらはちゃんと高数値が出たようだ。本人はもっと高い数字を予想していたようで、あまり嬉しそうではないけど、１万超えした奴は兵士たちからの扱いがあきらかに変わっているように思う。

その次は南先生だ、先生だっていうのはこちらの世界の人間には関係ないのだろう、生徒と一緒に並ばされ、普通に計測される。ちなみに南先生は４３００と、なかなかの数値だったようだ。

俺の前の舟塩は自信満々に丸い板に乗ったが、その数値は８０００と、１万には届かず。なかなかいいと思うけど、自分の満足いく数値ではなかったようで少し不貞腐《ふてくさ》れた顔をしていた。それにしてもみんななんだかんだ言って数値を気にしているみたいだな。

さて、いよいよ次は俺の番だ、どんな数値が出るか。俺が丸い板の上に乗ると、計測担当が驚きの声をあげる。

「――嘘だろ……2って……針が2を指してるんだが……」

計測担当が別の担当を呼んで確認している。

「ちょっと待て、そんな数値ありえるのか？　壊れてないか？」

「そうだな、お前、ちょっと一度降りろ」

そう言われて俺は丸い板から降りた。

「う〜ん――ちゃんと動いてるな……おい、もう一度、乗ってみろ」

俺は言われるままにもう一度そこに乗った。

「あっ！　ちょっと待て、今、針が一周しなかったか？」

「おいおい、この計測機は最新のもので10万まで測れるんだぞ、一周なんてするわけないだろ」

「10万か、だったらありえないな、だとするとコイツのルーディア値は2だな」

「１００以下なんて久しぶりだな、まあ、地球人でもたまにはこんなゴミもいるだろうよ」

――え？　ゴミとは酷《ひど》い言われようだな。

全員の計測が終わり、どうやら俺たちはオークションにかけられるようだ。何百人の人がいる会場の前のステージに一人ずつ立たされる。トップは計測の時と同じ岩波だ。そして司会らしき男が説明を始めた。

「さて、一番目のライダーはルーディア値１２００のハイランダーです、ハイランダーですので、高値、一千万ゴルドから開始します。それでは入札どうぞ」

「三千万！」

「五千万！」

価格がどんどん上がっていく。

「一億六千万！　他、ないですか！　それではヴァルギア帝国様の一億六千万で落札になります」

司会は周りを見渡し、他の入札がないことを確認すると、手に持ったハンマーを叩《たた》いた。

「落札されましたので、ヴァルキア帝国様はこれから五巡目までは入札できません」

どうやら連続では落札はできない決まりのようだ。

「それでは、次のライダーですが、こちら、ルーディア値２９０００のダブルハイランダーとなります！　高値の二千万からの開始とします。それでは入札どうぞ」

２９０００の数値を聞いて、会場がザワザワと騒ぎ出す。先ほど岩波を落札したヴァルキア帝国の担当の顔が青ざめている。欲しくてもヴァルキア帝国は入札できないので指をくわえて見ているしかない。

「三億！」

「四億！」

「七億！」

とんでもない価格が飛び出している。２９０００はそれほど凄い数値らしい。

「十二億、他にございませんか！　それではリュベル王国様、十二億で落札となります」

ハイランダーがいかに高値なのかは、そのあと続く平凡なクラスメイトたちの値段で明白になる。

だいたい30万から45万、高くても１００万という数字を聞いて、みな、それほどの差があるのかと驚いていた。

そしていよいよ彼女の番、クラス最高値の白雪だ。

「それでは、本日大注目のライダーの紹介です、ルーディア値３６０００！　トリプルハイランダーの登場です！」

司会のその言葉で会場が今日一番の騒がしさになった。白雪結衣はそんな状況でも表情を変えず、注目を一身に集めるステージに堂々と立っていた。

司会者は目一杯、間を溜《た》めると、力強くオークション開始の言葉を発した。それを待ってましたとばかりに、高額の声が溢《あふ》れ出《で》る。

「十億！」

「二十億だ！」

「二十五億！」

今までと争う額の桁が違う、そして、ある男の言葉が会場を黙らせた。

「百二十億」

「百二十億！　他にありませんか！　それではエリシア帝国様の百二十億で落札となります」

落札が決まると、会場はザワザワと騒ぎ始める。

「またエリシアだ、最近は最高ライダーはいつもエリシアに持っていかれるな」

「仕方ない、エリシアではまた新しいオリハルコン鉱山が見つかったらしく、かなり羽振りがいいからな」

そんな声が聞こえてくる。

さて、渚の番だな、あいつはどれくらいの金額になるのか。

渚は不安そうにステージの中心に立たされる。キョロキョロと周りを見渡し、俺を見つけるとジッと見つめてくる。俺は何度も頷《うなず》いて大丈夫だからと意思を伝えた。それを見て渚は深呼吸すると、さっきとは別人のようにしっかりとした表情でオークションの参加者を見据えた。

「二千万！　他にありませんか！　それではアムリア王国様の二千万で落札です」

二千万とは頑張ったな、まあ、実際は何も頑張ってはいないが、幼馴染みが評価されて、俺も少しは嬉しかった。

最高値のオークションが終わったからなのか、それから当たり障りのない感じでオークションは進み、ハイランダーの御影で少し盛り上がったが、そこだけだった。そしていよいよ俺の出番、俺のオークションは別の意味で盛り上がりを見せる。

「さて、残念なライダーの登場です。本当に申し訳ございません。売り物になるようなものではございませんが、決まりですので一度はオークションにかけさせていただきます。ルーディア値２！

何かの冗談のようなこの数値！　役には立たないでしょうが記念に落札してはいかがでしょうか。それでは開始します」

しかし、誰の手も上がらない……会場はザワザワと騒いでいるだけだ。いや、騒いでるんじゃないな、笑ってるんだ。俺は会場の人間に笑い者にされていた。

なんだよ、ルーディア値って……2だと悪いのかよ……くそ……。

しかも笑うのが会場だけならまだ許せる。なぜか仲間であるはずのクラスメイトたちも下に見るように笑ってやがる。昨日までルーディア値が何かも知らなかったのに、よくそんな態度になれるな……酷《ひで》えよ――だけど、白雪結衣と幼馴染みの渚だけは笑っていなかった。心配そうにこっちを見てくれていた。それだけでちょっと気分が晴れて気持ちを持ち直す。

「誰もいませんか！　1ゴルドでも構いませんよ」

「よし、俺が買ってやる！　しかし、1ゴルドも出せねえな、出せるのはこのラーゴの果実二個だけだ！　ひゃぁ――ハハハッ！」

その男が笑いながらそう言うと、会場が爆笑の渦に包まれた――何が面白いのかわからない。俺は果実二個の価値しかない存在かよ。

果実二個で売られた俺の待遇は酷かった、鎖で繋《つな》がれ、輸送用の牢屋のような馬車に押し込められて連れていかれる。

どれくらい汚い馬車に揺られただろうか、しばらく移動すると山の中腹にある、大きな屋敷《やしき》へと到着した。屋敷では母屋ではなく、庭にある馬小屋みたいなところへと連れていかれる。

「ほら、入れ、ここが今日からお前の家だ！」

そこは家ではなかった。どう贔屓目《ひいきめ》に見ても小屋と呼ぶのがいいところだろう。

小屋の中には十人ほどの男女が押し込められていた。みんな生気のない虚《うつ》ろな表情で、俺が入ってきても興味すら示さない。

「おい、腹が減ったんだけど」

去ろうとする男にそう声をかけた。

「今日の飯の時間は終わりだ。明日まで我慢しろ」

「マジかよ」

嘘だよな、こちとら育ち盛りだぞ、腹減って眠れねえよ――。

俺がそう考えながら落ち込んでいると、一人の女の子が近づいてきた。ボロボロの服にバサバサの髪、こんな場所では仕方ないだろうけど、お世辞にも可愛《かわい》い女の子ではなかった。

「お前、お腹《なか》空いてるのか？」

ぶっきらぼうに女の子が言った。

「ああ、腹ペコペコだ」

「ほら、コレあげる」

そう言ってその子が渡してくれたのは黒い団子であった。

「ナナミ、それはあんたの大事な非常食でしょ、そんな新入りにあげていいの？」

おばちゃんがその女の子にそう言うと、女の子は無表情でこう言った。

「お腹空いたら辛《つら》いのナナミ知ってる」

こんな小さな子供が空腹の辛さを知ってるってどんな環境だよ。言葉の重さに俺は少し腹を立てた。

食べるのを躊躇《ちゅうちょ》していると、女の子は無表情で俺の手を握って、力を入れて口に近づけようとする——だけど、さすがにこの団子は食べられない。俺はそれを彼女に返した。

「ありがとう、気持ちだけ受け取っておこう。明日には飯が食えるんだ。一日くらい我慢するよ」

「無理しないで食べていいよ。それに明日のご飯もあるかどうか微妙だし」

「そうなのか？」

その問いにはおばちゃんが答えてくれる。

「そうよ、ここの主人は気まぐれでね。食事は三日に一度あればいい方なの」

そうか、それでみんなこんなに痩せているんだ……。

「わかった、ありがとうナナミ。じゃあ、半分ずつにして食べようか。俺はそれで十分だから」

「半分でいいの？　全部食べていいんだよ？」

「いや、こんな大きな団子だったら半分で十分だ」

俺は団子を半分にすると、大きい方をナナミに渡した。

「よし、食べよう。食事は誰かと一緒に食べるとさらに美味しくなるからな」

俺とナナミは、汚い木製の台に座って一緒にそれを食べた。見た目通りというか、やはり、それはあまり美味しくはない。だけど俺は味よりナナミの気持ちが嬉しかった。

団子を食べた後、ナナミに寝床に案内される。ちゃんとしたベッドは期待していなかったけど、そこは想像以上に劣悪な場所だった。

板の上に薄っぺらなワラが敷かれた寝床で、もちろん掛け布団などはない。そこにみんな思い思いに雑魚寝しているだけであった。

そんな劣悪な場所でも今日から俺の寝床である。現実を受け止め、そこで今日は休むことにした。

空いてるスペースを見つけ、横になって寝ようとするとナナミが俺の横に添い寝してきた。ナナミはちょっと寒いのか、密着するように体を寄せてくる。俺は少しでも暖かくなるように彼女の肩を抱いてあげた。


結局全然眠れなかった。寒いし硬いし……しかし、そんな状況でもこの館の主人は俺を休ませてはくれなかった。朝早くにやってきた男に小屋から追い出されると、女たちは屋敷の方へと、男たちは屋敷裏の岩場に連れていかれ作業をさせられる。

作業内容は何かの発掘だった。ガツガツ掘って、手押し車に乗せて運ぶ――それを休みもなく一日中させられ、日が暮れると小屋へと戻される。

水は作業中にも少しだけ支給される。その日は作業が終わると、水とビスケットみたいな一欠片《ひとかけら》の硬いパンのようなものが渡された。

「これが今日の食事かよ」

「出るだけマシだよ、いい日は大きなパンとチーズと干し肉が貰《もら》えるけど、月に一度くらい」

「そうか、飯くらいちゃんと食わせてくれよな」

どうやらここは最悪の場所のようだ。

「ナナミ、どうして君みたいな幼い子がこんなところにいるんだ」

「売られた」

「誰に？」

「お母さんに」

あっ、聞いちゃいけなかったか……。

「でも、ナナミを売ったお金で家族が一ヶ月暮らせるって言ってたから、ナナミはそれでいい」

なんと健気《けなげ》な子だ。しかし……ちょっと待てよ、家族が一ヶ月暮らせるって言うことは、ナナミは俺より高値で売られたのか、なんとも微妙な気持ちになった。


その日の夜、隣に寝ているナナミが震えているのがわかった。心配になり声をかける。

「どうした、ナナミ、具合悪いのか？」

「うっ、うん、何でもないよ……」

ナナミはそう言うが、ちょっと気になった俺は顔色を見ようと彼女の顔を覗《のぞ》き込《こ》んで初めて気がついた。彼女の瞳からは涙が溢れ出している——ナナミは泣いていた……たぶん、さっき家族の話をしたから嫌なことを思い出しちゃったんだろう。

「ナナミ……ごめん、変なこと思い出させたね」

「ぜっ、全然平気、ナナミは家族を助けたんだよ。みんなお腹一杯ご飯、食べれたんだ。だから……だからナナミは平気なんだ」

くっ――馬鹿だな、俺は。家族に売り飛ばされて平気なわけないだろ！　無理して自分にそう言い聞かせてるんだ。俺は何も言わず、震えて泣いているナナミを抱きしめた。

俺の胸の中で、ナナミは声を殺して泣き続けた。


その日からナナミは一段と俺になついてくれた。仕事で働かされている時間以外は、いつも俺と一緒にいて、俺の呼び方も変化した。

「勇太、これ見て、屋敷で拾ったんだ」

そう言って見せてくれたのは小指ほどの小さな人形だった。ボロボロで少し汚れているけど、可愛い女の子がモチーフのようで、ナナミはそれを大事に握りしめた。

「よかったな、ナナミ、友達ができたな」

そう言ってやるとナナミは心底嬉しそうに笑顔になった。

しかし、大事にしていたその人形だが、数日後、屋敷の男に見つかり、大きな騒ぎとなった。

「おい、貴様それをどこで手に入れたんだ！」

男が激しい口調でそう言うと、ナナミは人形を守るようにお腹に抱え込んだ。

「屋敷から盗みやがったな！　自分の立場わかってんのかクソガキ！」

そう言って男は、強引にナナミから人形を奪おうとした。

「やめろよ！　それは俺が屋敷の外で拾ってあげたもんだ！　屋敷にあったもんじゃない！」

俺はナナミを庇《かば》いながらそう叫んだ。

「嘘つくんじゃねえよ！　いいから返せ！」

結局、人形は強引に奪い取られ、俺はボコボコに殴られた。

「勇太、勇太、大丈夫!?」

殴られてボロボロになって倒れている俺を心配して、ナナミがそう声をかけてくる。

「だ……大丈夫、これくらい全然平気だ」

本当は体中痛くて仕方なかったけど、ナナミを心配させないようにそう言う。

「ナナミ、ごめんな、人形守れなかった」

「ううん、平気、ナナミは勇太の方が大事だよ」

ナナミはそんな嬉しいことを言ってくれた。俺は無言で彼女を抱きしめた。殴られて体中痛いけど、気持ちは随分と癒《いや》された。

それからしばらく、昼は働き、夜は寝るだけ、たまに食事を貰って食べる、そんな不毛な日々が続いた。そんな俺に転機が訪れるのは、小屋に来るここの主人の小間使いの男の、ある行動に気がついた時だった。

「あいつらって小屋に鍵をかけてないよな」

そう言うと、おばちゃんがその理由を教えてくれた。

「あの扉にはルーディア値の制御キーが付いてんだ、ルーディア値が300以下の人間は開けられない仕組みになってんだよ。この小屋には100以下の人間ばかりだからね、嫌味なことだよ」

なるほどな、俺のルーディア値は2だから、まあ、開けられないってことか。そう思ったが、何げなく扉に手をかけて開けてみた。するとガーと音がして扉が開いた。

「あっ、開いたぞ！」

「ちょ……ちょっとあんた、あんたが開けたのかい？」

「ああ、少し触れただけで開いたぞ？」

「あんた、ルーディア値はいくつなんだい」

「2だ」

「だったら担当が閉め忘れたんだね」

閉め忘れか、しかし、扉が開いたのは事実だ、これは逃げ出す絶好のチャンスなのではないか。

俺は空いた扉から顔を出して周りを確認する、やっぱり逃げられそうだな、見張りもいないし……。

ここへ来る時は鎖で繋がれていたが、今はそれも外されている。

「そこにはいないけど、館の入り口に見張りがいるよ」

「そうか、だったら裏の山からなら逃げられないかな」

「どうかね、夜の山は危険だからね、逃げ出せたとしても生きて山から出られるかわからないよ」

「それでもここにいるよりいいよ。俺は逃げることにする」

「そうかい、精々気をつけるんだよ」

不思議なことに、俺以外にはそこから逃げようとする者はいなかった。この人たちはここの生活に慣れきってるんだ、そう感じた。だけど、一人だけ何かを訴えるように、ジッと俺を見つめる人物がいた。俺は彼女の意思を確認する。

「ナナミ、一緒に来るか？」

「うん、勇太に付いていく」

どうもナナミは俺のことを兄か何かと思ってくれてるようだ。この子のためにもなんとか逃げ出さないと。

確かに館の入り口には見張りが二人いた。だけど裏山の方には見張りどころか人気《ひとけ》もない。まあ、それだけ山が危険なのかもしれないけど……だけど俺は迷わず山の方へと向かった。

いつも作業している採掘場から山に入ると、険しい藪《やぶ》を掻《か》き分《わ》けて進んだ。勉強は苦手だけど、運動は比較的得意な方だ。体力的には問題ないように思えたが、ナナミにはやはり辛い道なのか苦しそうだ。

「よし、ナナミ、俺がおぶってやるよ」

「おぶる？」

「こうするんだよ」

そう言って強引にナナミを担いだ。

「勇太！」

ナナミは背中から俺をギュッと抱きしめてきた。家族に売られるような環境に、奴隷生活、人におぶられる経験なんてなかったのだろう。

俺たちは一晩かけて山を越えた。危険と言われてるのはたぶん、そう思わせて逃亡させないようにするための嘘だったようだ。大変ではあったが、特に危ない目に遭うことなく無事に山を越えることができた。

そして山の向こうにあったのは大きな街だった。

「ここなら何か仕事があるかもしれないな、待ってろよ、ナナミ、働いて稼いで、何か食べさせてやるからな」

ナナミは大きく頷いた。

しかし、仕事のありそうなところで働きたいと言うと、決まってこう聞かれた。

「ルーディア値はいくつだ？」

俺が2と答えると相手にしてくれなくなる、どうやらこの世界ではルーディア値が高くないと仕事にもありつけないようだ。

しかし、働かないと食べ物も買えない。頑張って探して、ようやくルーディア値関係なく働かせてもらえる場所を見つけた。

「へへへッ……いいぜ、働かしてやるよ。そっちの女の子もか？」

「働くのは俺だけでいい」

「そうか、まあ、仕事は簡単だ、船のモーターを回す仕事だ」

「モーター？」

「船の動力だよ、簡単な仕事だから誰でもできる、飯は一日二回、給金は週に三ゴルドだ、それでいいか？」

「構わない」

三ゴルドが高いのか安いのかわからなかったけど、俺に選ぶ余裕などなかった。


俺とナナミが連れていかれたのは大きな船だった。

「この中が仕事場だ、寝泊まりもできるから安心しろ」

寝泊まりって……。

「ほら、入れ」

そう言われて中に入ると、ガタッと扉を閉められた。ナナミが不安そうに俺の手を握る。

恐る恐る奥に進むと、人が大勢いた。みんなみすぼらしい格好をしている。

「新入りか、名前はなんていうんだ」

そう声をかけてきたのは白髪の老人だった。

「勇太です。こっちはナナミ」

「そうかい、で、ルーディア値はいくつだ」

「2です」

俺がそう言うと、周りからは落胆の吐息が聞こえてくる。

「まあ、いないよりマシだろ。ここの仕事の説明をするぞ。あれを見ろ」

老人の言う方向を見ると、大きな風車を横にしたような丸い歯車が見えた。

「あれを動かすのが俺たちの仕事だ。あの持ち手をみんなで持って、グルグル回すんだ。ルーディア値が高ければ高いほど楽に回せるんだが、ここにいる連中はみな100以下の最下層の連中ばかりだからな。重いのなんのってな——まあ、覚悟していな」

「はい、わかりました。それより、寝泊まりできるって聞いたのですけど、部屋はどこですか？」

「部屋だと？　ここがそうだよ。ここで寝て、ここで食って、ここで働く。それが俺たちの生活だ」

「外には出られないんですか？」

「当たり前だろ。自分をなんだと思ってるんだ。船奴隷だぞ」

騙《だま》された……どうやらここは奴隷の働く場所のようである。

「まあ、今は船が動いてないから楽なもんだ。慣れればそんなに悪いとこじゃないから安心しな」

奴隷から奴隷、なんとも運の悪いことか。ナナミ、ごめん……。

船はしばらく動かなかったけど、飯はちゃんと一日二回出た。これだけでも前の場所より待遇がいいからいいのだけど。


どうやら船が出るようだ。船内が慌ただしくなってきた。

いよいよモーターを回す指示が出た。ナナミも強制的に回し手として配置させられてしまった。

くそ……俺は女の子一人守ってやれないのか。

しかし、いざモーターを回そうと俺が取っ手を持つと、恐ろしい速さでモーターが回転し始めた、グルグルと回転して、その場にいた連中は驚きで騒ぎ始めた。

「なっ、なんだ！　勝手にモーターが回り出したぞ！」

「ウヒョーこれは楽だな！　何が起こったんだ」

どうも皆の反応を見ていると、いつもとモーターの回転が違うようだ。確かに聞いてたよりかなり楽にモーターが回り、力なんてほとんど必要なかった。

理由はわからないけど、信じられない速度でモーターが回り、楽々と船は進む。これに機嫌を良くしたのは船の偉いさんであった。

「いや～今日の仕事は素晴らしかったですよ。このまま行けば予定の半分の日数で目的地に到着します。そうなったら報奨金を出さないといけなくなりますね～」

飯前に船長がそう声をかける、それを聞いたみんなは歓声をあげた。

「とりあえず、今日の食事はいつもより豪華なものを用意しました。これで明日からも頑張ってください」

確かにいつもより食事が良くなっていた。温かいシチューにパン、それに肉の入った炒《いた》め物《もの》、チーズやワインも振る舞われていた。肉も干し肉ではなく、ちゃんとしたのが入っている。

モーターの回転が良かった理由は誰にもわからなかったけど、そんなことは気にしなかった。腹一杯飯が食えて、報奨金が貰えるならそれでいいと思っているようだ。

「どうしたナナミ、パンは食べないのか」

「うん、保存食で取っておく」

「そうか、じゃ、俺も取っておこうかな」

「勇太は頑張ってたから食べなよ。保存食食べる時はナナミの半分あげるから」

「大丈夫、今日は量がいっぱいあるから、もうお腹いっぱいだよ」

そう俺が言うと、ナナミはそれじゃ一緒に取っておこうと笑顔で言った。


次の日も、その次の日も順調にモーターは回った。そして——信じられないスピードで船は目的地に到着したのであった。

「おい、船長が褒美に、報奨金と外出許可を出してくれたぞ」

目的地まで三分の一の日数で到着したことで、莫大《ばくだい》な利益が出たようだ。超ご機嫌の船長は、報奨金として一人十ゴルドをくれたうえに、外出許可を出してくれた。それは奴隷には異例の対応で、それだけの利益が出たことを意味していた。

船から出ることができて、他のみんなは街へと遊びに出かけた。聞くとみんな一晩でそのお金を使い切るそうだ。

「みんな、そのままどっか行くって考えないのかな」

俺がそう疑問を言うと、船の古株の男がこう言った。

「ははは、どこに行くって言うんだ。俺たちみたいな低ルーディア値の人間はどこに行っても同じだ。それよりちゃんと飯が食えるこの船がいいと思ってるんだよ」

そんなものか。確かに飯も食えるし楽ではあるんだけど、やっぱり俺はちゃんとした自由が欲しい。

「ナナミ、ここに残りたいか？」

「ナナミ、勇太と一緒がいい」

「そうか、俺と一緒だとまた飯が食えなくなるかもしれないぞ」

「それでも勇太と一緒がいい」

俺はその言葉を聞くと、ナナミの手を取って船を離れた。もうこの船に戻るつもりはない。

二人で二十ゴルドもお金を持っている。大きなパン一つ買うのに五シルくらいが相場らしく、百シルで一ゴルドの価値があるので、節約すればしばらくは二人で暮らしていけるだろう。

奴隷生活が続いていたので、とにかく二人ともかなり汚い。俺はまずは服を買い、風呂に入ることを提案した。

「風呂？　何それ……」

「ナナミ、風呂に入ったことないのか？」

「うん、ナナミ知らない」

「そうか、まあ、仕方ないよな」

服を売っている店に入ろうとすると、この見た目である。一軒目はすぐに追い出された。仕方ないので露天で服を売っている店を見つけたので、そこで購入することにした。

「ナナミ、どれがいい？」

ナナミは服を選ぶのが初めてなのか、目を輝かせて悩んでいる。そして小一時間悩んで、一枚のワンピースを選んだ。二ゴルド二十シルと安くはなかったが、ナナミの笑顔を見ると購入して良かった。

俺は上下で一ゴルドのセール品のトレーナーとズボンを購入する。あと、靴も買わないと……ナナミのはいているのはボロボロの藁草履《わらぞうり》だ。あれでは足を痛めてしまう。

靴屋でもナナミは目を輝かせて商品を見ている。かなりの時間悩んでピンクの靴を選んだ。一ゴルド三十シルか、まあ、これくらいなら……安いのがあれば俺も購入しようと思ったけど、男用はちょっと高かったので我慢することにした。

◆

「あなた名前なんて言うの？」

そう聞いてきたのは肩まで伸びた金髪が印象的な活発なお嬢様といった感じの女性だった。

「私は渚です、光里渚……」

二千万で購入された私は購入者に引き渡されていた。購入したのはどこかの王族らしいのだが、身なりはそんなに豪華には見えなかった。

「私はアムリアの第二王女、ラネルよ、よろしくね」

「はい……」

「そりゃ不安だよね。知らない世界に連れてこられて売却されちゃったんだから……でも安心してね、悪いようにはしないから。王族と同待遇を約束するわ」

「そうなんですか」

「そうよ。高ルーディア値のライダーはどの国でもかなりの好待遇を受けてると思うわよ。特に私の国は小さいから、王族と同等で扱うくらいで丁度いいのよ」

「でも、ルーディア値が低いと酷い扱いを受けるのでしょう？」

「あら、あなたの仲間はみんな高ルーディア値でしょ、あっ……一人凄く低い人がいたか」

「彼はどうなるんでしょうか。私、それが心配で……」

「しまった、そうか。なら私が購入すれば良かったね。彼を購入したのは奴隷商人みたいだったから……おそらくは……」

「そ……そんな、勇太……うっ……」

「あなたもしかしてその人を」

「うん、ずっと好きなんです。でも……彼は他に好きな人ができて……」

私は今日、初めて会った人に、ずっと秘めていた自分の思いを打ち明けていた。知り合いじゃないからこそ、スッと言うことができたのだろう。勇太……小さいころから彼が好きだった。あまり強くもないのにいじめっ子が現れたら私を庇ってくれ、嫌なことがあってずっと泣いていると、黙って寄り添ってくれた……だけど、そんな関係が長く続いていき、幼馴染みとしてのお互いの立場が強くなっていくにつれて、自分の気持ちを伝えることがどんどんできなくなっていた。気がつけば幼馴染みとしては不動の地位を確立していたが、その反面、異性としては見られなくなっていた。

「そうか、わかった。ちょっと調べてみるよ。もしかしたら買い戻せるかもしれないし」

「本当ですか！」

ラネルの嬉しい提案に心の底から喜びが溢れてきた。知らない世界だけど、勇太がいれば、彼さえいれば私は……。

「任せて。小さな国だけど、奴隷の一人買うくらい私の小遣いでもできるから」

勇太、無事でいて――。


私がお世話になるアムリア王国は、ラネルが言うように小さかった。人口は五十万ほどで、国の大きさは半日あれば馬車で端から端まで行ける距離ということなので、山手線《やまのてせん》の内側くらいの大きさだろうか。ラネルが暮らすお城も大きな屋敷といった感じで、王族というよりどこかの貴族のような感じに見える。

「おぉーその者がハーフレーダーのライダーだな。はじめまして、アムリア国王のマジュニだ」

「はい、よろしくお願いします。私は渚です」

「うむ、渚、よろしく頼むぞ」

「お父さん、渚が緊張するでしょ、もっと笑顔で」

ラネルが父王にそう注意する。

「お……そうだな。それはすまなかった。こんな感じで良いか」

王は引きつりながらも笑顔を作ってくれる。このやり取りだけで二人の人の良さが見えた。どうやら私は良い国に買い取られたらしいことを再確認した。

「お姉ちゃん！　私も紹介して！」

そう部屋に入ってきたのは中学生くらいの女の子だった。可愛いおさげの子で、お人形さんのような均整の取れた美しい容姿をしている。

「第三王女のヒマリよ。じゃじゃ馬で手がつけられないのよ」

「酷いわ、最近は大人しいのよ」

「だといいのだけどね。それよりヒマリ、ユキハはどこにいるの」

「ユキハお姉ちゃんはいつものとこだよ」

「そう、それじゃ、ちょっと行きましょうか。渚に見せたいものもあるし」

そう言って私を連れていったのは大きな倉庫のような場所であった。そこにあったのは、私はあまり詳しくはないからわからないけど、男の子の好きそうなロボットみたいな乗り物だった。

「ユキハ！」

ラネルがそう呼ぶと、一機のロボットがガシガシ歩いてこちらに近づいてきた。そして胸の扉が開いて、中から青い長い髪の女性が出てきた。これがまたびっくりするほど綺麗《きれい》な人で、スーパーモデルかハリウッド女優だと言われても疑問を持たないほど美しい容姿をしていた。

「ラネル！　その子がハーフレーダーのライダーね！」

「そう、紹介するから降りてきて」

「わかった、ちょっと待って」

そう言って、何かはしご車みたいな乗り物を降りて、こっちにやってきた。

「私は第一王女のユキハよ。よろしくね」

「はい、私は渚です。よろしくお願いします」

「じゃあ、早速、渚の機体を見てもらおうか」

ユキハは当たり前のようにそう言った。

「私の機体？」

「そうよ。あなたを買ったのはその機体に乗ってもらう為なのよ」

「私が乗る……」

まだ状況がわからなかったけど、連れてこられた場所にあったのは、赤いロボットだった。

「魔導機ラスベラ。起動ルーディア値５０００、最大出力12万、装甲Bランク、機動力Aランク、我が国が保有している最強の魔導機よ」

「魔導機、これが……」

「そう。この機体を動かすには最低でもルーディア値が５０００必要だったの。でも、この国で一番ルーディア値が高いユキハでも４０００だから動かすことができなかったのよ。そこで今回の地球人のオークションに参加して、渚を競り落としたってわけ」

「私たちは戦争に使われるの？」

ショックだった。どうやらこれに乗って戦えってことだとわかったからだ。

「あっ、ごめん、確かに多くの国は戦争で魔導機を使用するけど、アムリアは防衛の為の戦力だから。実際、ここ二十年も大きな戦いはないから安心して」

「そう。だったらこの機体を動かさなくてもいいんじゃないの？」

「抑止力ってやつよ。アムリアに動けるハーフレーダーがいるってなったら周りの国も簡単に手が出せなくなるから」

抑止力。確かにそんな話は聞いたことあるけど、ここでの生活がちょっと心配になってきた。

◆

服と靴を買ったし、すぐに着替えたいけど、この汚い垢《あか》を落としてからがいいだろう。なんとか風呂に入りたいのだけど。その辺のおじさんに風呂の場所を聞いてみた。

「風呂に入りたい？　そりゃ、風呂付きの宿に泊まるか、どこかの温泉にでも行くしかないだろうな」

温泉か、いいな……何年か前に、うちの家族と渚の家族で行ったきりだな、あの時は偶然、渚の下着姿見ちゃってアイツ大騒ぎしてたな――――そんな少年みたいな下着姿に興奮するかよって言ったらさらに怒ってたのを思い出す。

「近くに温泉はありますか」

「そうだな、近くてもウェブライナーで三時間くらいはかかるんじゃないか」

ウェブライナーが何かはわからなかったけど、どうやら近くにはないようだ。仕方ない、風呂付きの宿に泊まるか。

「ナナミ、今日は奮発して宿に泊まるぞ」

「宿！　ナナミ、宿なんて初めて！」

とりあえず、風呂があって安めの宿を探した。良さそうなところはどこも一泊一部屋十ゴルドもするのでとても泊まれない。そしてようやく、風呂付き一泊二ゴルドと格安の宿を見つけることができた。

部屋に入ると、ベッドは大きなのが一つだけ。まあ、いつもナナミと寄り添って寝てるくらいだからそれは問題ない。風呂は木製の湯船に板張りの風呂場だった。石鹸《せっけん》もタオルもあるので、すぐに入れそうだ。お湯は何かしらのよくわからない力で沸くらしく、蛇口を捻《ひね》ると出てきた。久しぶりの温かい湯気の感触に感動する。

「よし、ナナミ、一緒に入るか」

そう聞くと、ナナミは返事もせずに嬉しそうに風呂に入ってくる。

「ナナミ、お風呂入る時は服を脱がないといけないんだぞ」

「うん、わかった」

俺もナナミと一緒に服を脱いだ。もうこれはいらないかな、ボロボロの服を見てそう思った。

そしてナナミの体を洗ってやろうと彼女を見て驚いた。小さいが胸の膨らみがある……ちょっとドキッとして目を逸《そ》らした。

「どうしたの、勇太？」

「いや、ナナミ……そう言えば聞いてなかったけど、お前何歳なんだ？」

「十四だよ」

「なんだと！」

しまった、十歳くらいだと思ってたぞ……これはやばい。俺と三つしか違わないじゃないか。

「ナナミ、お前、一人で入れるか？」

「どうして？　一緒に入ろうよ」

「いや、無理だ」

「どうして？」

「いや、それはな……」

ドキドキするからなんて言えるわけない。

「じゃあ、そうだな、体は自分で洗えるか？」

「やったことない」

「そうだったな……」

仕方ない。目をつぶって洗うか。俺は目をギュッとつぶってナナミの体を洗ってやった。流石《さすが》に下の方は自分でやらせたが、それでも「どうして、どうして、勇太が洗ってよ」と、しつこく言われた。

後ろから髪も洗ってやる。ボサボサだった髪が解《ほぐ》れて綺麗になっていく――そして顔も洗ってや

る。普段はボサボサの髪で目が見えないのだが、今は顔を洗うために髪を後ろに持っていってる。ナナミの顔をちゃんと見たのはこの時が初めてかもしれない。こいつ……もしかして可愛いのか？現れたナナミの顔は美少女と言っても大袈裟《おおげさ》ではないくらいに整っていて、アイドルだといわれても納得するくらいに可愛かった。

「よし、今度はナナミが勇太を洗ってあげる」

「いや、俺は大丈夫だ、自分で洗える」

「いいから、洗わせてよ」

拒否してもナナミは引き下がらないだろう、俺は妥協案を提示した。

「わかった、だったら背中を頼む、そこは自分では洗えないからな」

「うん、任せて」

ナナミはゴシゴシと背中を洗ってくれる。力加減も丁度良く、初めてにしてはかなりいい感じで洗ってくれる。しかし、そんなナナミの手が止まる。

「勇太……いつまでも一緒にいて」

一呼吸おいて、ナナミが不意にそう言ってきた。どうしたんだろ、何か不安に思うことがあったのだろうか——俺は彼女を安心させる為にすぐにこう言った。

「ああ、いつまでも一緒にいよう」

もう俺にとってナナミは妹のような存在だ。そう返事するのに迷いはなかった。

「——勇太、下も洗ってあげる」

そう言ってきたけど、下ってどこのことを言ってるんだ。流石にそれは自分でやると断ったのだが、強引に洗おうとするナナミと少し攻防が巻き起こる。必死の抵抗が功を奏し、なんとか勝利を収めた。

それから二人で湯船に入った。そこでナナミの話を聞いた——家族のこと、奴隷になってからのこと、俺の話もした。前の生活のこと、家族のこと、彼女は学校の話を聞いて、興味を持っていた。

そうか、勉強もしたことがないんだな。

この世界に学校があるかは知らないけど、ナナミに何かを学ばせたいと思った。よし、俺の目標ができたぞ。ナナミに学びの機会を作ろう。そう決心した。

さて、年齢が発覚して、添い寝もなかなか難しくなったぞ。そんな俺の気持ちなど知るわけもなく、ナナミはいつも通り密着してくる。しかも風呂に入り綺麗になったのが嬉しいのか、密着度がいつもの二倍くらい増しであった。今日からいきなり拒絶するのも変なので、俺はドキドキする気持ちを抑えながら、そのまま就寝した。

二章 立ち上がる魔神

ナナミに学ばさせるにはお金を稼がなければいけない。俺は仕事探しに奔走した。風呂に入り、服を着替えたことで見栄えが良くなったこともあり、前よりは話を聞いてくれるようになった。それでもルーディア値2がネックとなり、就職までは行くことができない。

「今日もダメだった。ごめん、ナナミ」

「いいよ、勇太が一緒ならそれでいい」

二人で分けたパンを食べながらナナミはそう言ってくれるが、船で貰ったお金もそんなにはもたないだろう。なんとか仕事を探さないと。

「君、仕事を探してるのかい」

そう声をかけてきたのは初老の男性だった。見た目から裕福な人物のように見える。

「はい、そうですけど……」

「どうかね、月五十ゴルドの仕事があるんだが」

五十ゴルド！　今の俺たちにはかなりの大金だ。月五十ゴルドも貰えるならナナミと二人、余裕で生活できそうだ。

「どんな仕事ですか？」

船の件もあるので、ここは慎重に尋ねた。

「私には君たちと同じくらいの娘がいてね。その娘の話し相手になってもらいたいんだ」

「それだけですか？」

「そうだよ、君たちに家がないなら部屋も用意するし、食事も付ける。どうかな」

信じられないくらいに好待遇だ。また騙されるかもしれないけど、他に当てもないのでその仕事を引き受けた。

「そうか、やってくれるか！　よかった――」

初老の男性は嬉しそうにそう言った。

男性の名はベルファストさん。この国の貴族の人であった。早速、ベルファストさんに連れられて彼の家を訪れた。家は大きな屋敷で、召し使いの人もいて、貴族ってのは嘘ではないようだ。騙されている可能性が低くなって少し安心する。

「今から娘に会わせるけど、あまり驚かないでほしいんだ。いいかな」

「はい、わかりました」

どういうことだろ。驚くような娘なのだろうか。

そして実際にベルファストさんの娘に会うと、その意味がわかった。彼女は普通の姿ではなかったのだ。半分獣のような姿。話を聞くと、半獣という現象らしく、呪いの一種らしい。

「私には商売敵が多くてね、どこかの誰かに深く恨まれたようなんだ。それで娘がこのような姿に……うっ……うっ……娘が不憫《ふびん》で仕方ないのだよ」

俺はその話を聞くと、娘さんに近づいた。彼女は怯えていたけど、俺は堂々と名乗って手を差し出した。

「俺は勇太、こっちはナナミ、よろしく。君の名前を教えてくれるかい」

そう言うと、怯えながらもこう名乗ってくれ、ちょこんとタッチするように、差し出した俺の手に触れた。

「ファルマ」

「そうか、ファルマ、今日から俺たちは君の友達だ。なんでも話してくれよ」

「友達……？」

この姿で生まれた彼女は最近まで部屋に閉じこもって生活していたそうだ。それで友達どころか家族以外と話をするのも初めてだそうで、まだまだ警戒している。

「ファルマ、ナナミと遊ぼう！」

「え……私と遊ぶの？」

ナナミはベッドに寝ていたファルマを強引に連れ出し、庭へと連れていった。ナナミに振り回されて、初めは戸惑っていたファルマも、少しずつ慣れてきたのか笑顔が出るようになり、二人は楽しそうに遊ぶようになった。

「うっ……あのファルマがあんなに楽しそうに……」

和気あいあいと楽しそうにしているナナミとファルマを見て、ベルファストさんは嬉しそうにそう言う。

「ナナミも同年齢の友達ができて喜んでますね。お互いよかったです」

「そうかい、実はね、君たちの前に同じように人を連れてきたことがあるんだが、その時は連れてきた者が娘を見て化け物だと言って逃げてしまってね。その時のことがあるからしばらくは娘の話し相手を探すのはやめていたのだが……それでも娘には普通の幸せを感じてほしくてね……今回、君に声をかけて本当によかったよ」

俺は不思議とファルマのことを化け物とは全く感じなかった。異世界ならそういう子もいるだろうくらいの感覚であったのだ。だから彼女と友達になることに何の抵抗もないし、これから仲良くなるのが楽しみなくらいだ。


その日から、ベルファストさんの家での生活が始まった。ちゃんとしたベッドで眠り、起きたら朝食を食べて、ファルマと話して、昼食を食べて、ファルマと遊んで、夕食を食べてファルマと話して就寝する。そんな生活が続いた。一ヶ月もすると、俺とファルマはかなり仲良くなり、ナナミとは俺以上に仲良くなって、まるで姉妹のように話すようになっていた。

「ほら、ナナミ、追いついてごらんよ」

「待ってよ、ファルマ〜ちょっと早いって！」

二人が追いかけっこしているのを、俺は椅子に座って眺めていた。奴隷の時の生活が嘘のようだ。このままずっとここにいてもいいなと思ってしまう。

「勇太もこっちにおいでよ」

ファルマが俺を呼ぶ。

「よし、じゃあ、俺が鬼になってやるから二人とも逃げてみな」

俺がそう言うと、ナナミとファルマはきゃっきゃっと騒ぎながら逃げ出した。

「ほら、そんな逃げ方じゃすぐに捕まえちゃうぞ〜」

そう言いながら追いかける。しかし、二人ともなかなか、すばしっこい。本気で追いかけるが全然捕まえることができず、ちょっと息があがってきた。

「情けないぞ、勇太」

「そうね、これくらいで疲れてたらダメだよ」

「いや、ちょっと休憩だ」

二人が逃げてきたのは屋敷にある倉庫であった。そこで俺は大きな白いロボットを見つけた。高さは十メートルくらいだろうか。それを見上げていると、二人が近づいてきた。

「これは?」

「昔、お父さんが購入した魔導機だけど、壊れてるんだって」

「これが魔導機か。みんなこんなのに乗ってるんだな。どうして動かないんだ?」

「うん……どこが故障してるかわからないみたいで直せないって言ってた」

「そうなんだ。壊れてるってのは間違いないのか?」

「発掘後、すぐにトリプルハイランダーが乗ったけどウンともスンとも言わなかったって。トリプルハイランダーが動かせない魔導機なんてありえないから壊れてるってことらしいよ。そういう動かない魔導機はオブジェとかコレクションとして売られるから、それをお父さんが買ったの」

「発掘って、魔導機って作られてるんじゃないの?」

「コアの部分は今の魔導技術では再現できないみたい。だから旧文明の魔導機を掘り出して、コア以外を修理したりして使うのが一般的なの」

「いやに詳しいな、ファルマ」

「うん、私、魔導機が好きなの。凄く魅力的だよね、今の魔導技術だけでは一からは作れない……そんな未知な力にも惹《ひ》かれる」

「そうだったんだ。まあ、これが動いても俺には関係ないけどな。何しろルーディア値2だからな」

「えっ、勇太、ルーディア値2なの？」

「そうだよ、低いだろ」

「そんな低数値初めて聞いた」

「ファルマは幾つなんだ？」

「私……私は７８００」

「凄いな。そんなに高いんだ」

「うん、でも、何も役に立ってないよ。人前に出れないし」

「そんなに高いなら好きな魔導機に乗ればいいのに」

「私には無理だよ」

ファルマとの話が長くなり、一人で寂しいのかナナミが会話に入ってきた。

「もう、ナナミも話に入れてよ～」

「あっ、そういえばナナミって自分のルーディア値知ってるのか？」

「知らないよ。測ったことないから」

「そっか、だけどあの奴隷小屋の扉を開けられないんだったら低いんだろうな」

「あの扉、試したことないの……」

「え？」

「あの奴隷小屋の扉には触ったこともないから」

「そうか、だったらルーディア値が高い可能性もあるんだな」

「そんな数値どうでもいいよ。ナナミはナナミだから」

「そうだな、どうでもいいよな。俺も2だけど全然平気だぞ」

ナナミはどうでもいいと言ったルーディア値だが、それからしばらくして、彼女のルーディア値が判明した。それは驚きの数値だった。


「と……トリプルハイランダー……」

ナナミのルーディア値は３２０００を計測した。

ルーディア値を知らないってことで、ベルファストさんが気を利かしてナナミのルーディア値を計測してくれた。そこで驚きの数値が出たのだ。

「ナナミちゃん、これは凄いことだよ。この数値ならどこの国もライダーとして好待遇で迎えてくれるよ。本当はずっとファルマの友達でいてほしいけど……君が望むならこの国に紹介することもできる」

しかし、ナナミはそんなことには興味がないようで。

「私はここにいる。勇太とファルマと一緒にいたい」

そう言うと、ベルファストさんは嬉しそうにナナミの頭を撫《な》でた。

「そう言ってくれて本当にありがとう。ファルマはいい友達を持ったよ」

本来ならナナミはもっと評価されて、もっといい暮らしができて、どんなことだってできるだろうに。だけど、それでも俺たちと一緒にいたいと言ってくれる。素直に俺は嬉しいと感じていた。

だけど、このことが後で大きな問題を引き起こしてしまう。それはファルマの家族の運命を大きく変えるものだった。

◇

妙な世界、妙なオークション、私はこれからどうなるのか……クラスのみんなはバラバラになった。咲良《さくら》や奈美《なみ》は大丈夫かな。そして勇太くん……あんなにみんなに馬鹿にされて、わけのわからない数値なんて関係ない。彼の魅力は私が一番知っている。

「結衣さま、到着しました。お足元にご注意を……」

そう声をかけてくれたのはエリシア帝国の軍務大臣のイーオと呼ばれるおじさんだ。この人が私をあの妙なオークションで競り落とした人である。

オークション後に私が連れてこられたのは凄いお城だった。東京ドーム何個分だろうか、私感だけど、ゆうに二百個は入りそうだ。巨大な城の中、さらに奥にある豪華な建物に私は案内される。

「トリプルハイランダー結衣様に敬礼！」

多くの兵士が私に敬意を払う。私はそんなに偉くない、私にそんな価値はない、そう心では思っていた。

豪華な建物の中のさらに豪華な部屋、そこに一人の人物が待っていた。

「ほほう……若い娘だな。トリプルハイランダーには見えぬところが良いな」

「皇帝陛下の御前です。結衣様、頭をお下げください」

私は言われるままに頭を下げようとした。

「良い、良い、頭など下げぬともお主は特別だ。わが国でも5人目の貴重なトリプルハイランダー……頭を下げるのではなく、その力をもって我に忠義を誓うが良い」

そう言うと、下がるように指示が出たのか、私はその部屋から出された。

「結衣様、どうぞこちらへ。お部屋を案内する前にあなたの魔導機をお見せします」

「魔導機……？」

そう言って案内されたのは巨大な倉庫のような場所であった。そこには大きなロボットが整然と並べられている。

「ここにあるのは一般の機体です。上級ライダーの機体はこの奥の格納庫にあります」

そう言ってさらに奥へと案内された。その途中で……。

「これはユウト様」

「その子が新しいライダーの子かい」

「はい、トリプルライダーの結衣様です」

ユウトと呼ばれた人は、それを聞くと私に近づき手を伸ばしてきた。

「ユウトだ、よろしく結衣」

「は……はい、よろしくお願いします」

「同じ日本人、わからないことがあったら僕に聞くといいよ。大体のことは説明できると思うから」

「日本人……」

「そうだよ、僕も君と一緒で売られた口でね。もう五年くらいになるけどね」

「そうなんですか……」

「ユウト様！　アジュラの整備が終わりました！」

後方からそう声がかかる。

「それじゃ、呼ばれたみたいだから、そろそろ行くね」

そう言ってユウトさんはそこから立ち去った。イーオさんがユウトさんが去った後に彼の説明をしてくれた。

「彼はクインティプルハイランダーのユウト様です。ルーディア値５７０００、大陸最強と言われてるライダーです」

「大陸最強、そんな人が……」

「そうです。彼の存在があるので、わがエリシア帝国は大陸最強と言われているのです。ですので、時には皇帝陛下より大きな権限を持っております。仲良くなって損はありませんぞ」

少し嫌な笑みでそう言う。どういう意味かは想像はできるけど、あえて答えなかった。

私の機体だと見せられたのは漆黒の魔導機であった。細身のボディーに竜のような骨格、素直に美しいと思った。

「これが私の……」

「魔導機エルヴァラです。起動ルーディア値は３００００、最大出力は３００万、装甲ＳＳランク、機動力ＳＳランクとまさに怪物級の魔導機です」

そう説明されるが今の私には理解できない。興味もないし。

「操縦の仕方などは後日、教育係の者が教えてくれるでしょう。早く乗りこなしてこの国のお力になれるようになってください」

「はい。あの、一つお願いがあるのですが……」

「なんでしょう。私でできることであれば何なりと言ってください」

「あのオークションでその……果実で売られた男の子がいたと思うのですが……」

「ああ、あのルーディア値２の不良品ですね」

「不良品……彼はそんなんじゃないです！」

「あっ、これは失礼しました。その彼がどうかしましたか」

「どうなったか心配です。それを調べることはできませんか」

「まあ、そうですね。わかると思いますが……」

「お願いします。大事な人なんです」

「ふむ、トリプルハイランダーに頼まれては断れませんな。よろしい、エリシアでその者を買い戻すように指示いたしましょう」

「本当ですか！」

「はい、結衣様へのささやかなプレゼントです」

「ありがとうございます」

彼の素直で優しい性格に一年の時から好感を持っていたけど、好きだって感情に気がついたのは最近である。修学旅行で勇気を出して告白するつもりだったのにこんなことになって……。

私に用意された部屋は豪華だった。五十畳くらいの広さで、お風呂もトイレも付いていた。そして人間も……。

「はじめまして結衣さま。私は結衣さま専属のメイドで、ルシャと申します」

「私専属？」

「はい。この国ではハイランダー以上のライダーさまには皆、専属のメイドが付くことになっております。なんなりとお申し付けください」

そう言われても……そうだ、お腹は空いてきたかな。私はそれをルシャに伝えた。

「はい。すぐに食事の用意をさせていただきます」

小一時間ほどで食事が用意された。それはとても食べきれない量の豪華な料理で、ちょっと困惑する。

「こんなに食べられないよ」

「食べたいだけ食べていただければ良いのですよ。他に何か食べたいものがあればすぐに用意しますのでおっしゃってください」

私は出された料理に少しずつ手をつけた。どれも美味しい。勇太くんは何を食べてるんだろうか……こんな時でも思うのは、やはり意中の彼のことであった。

◇

その日、ベルファストさんがどこからか慌てて帰ってきた。

「勇太くん！　すぐにここを出る準備をするんだ！」

そう俺に言ってきた。

「どうしたんですかベルファストさん」

そう俺が聞くと、ベルファストさんは凄くすまなそうな表情をしてこう話を切り出した。

「この国の人間に、ナナミちゃんのルーディア値が漏れてしまった。あの計測した技師から漏れたんだね。それで国への徴兵を命令されたのだけど、ナナミちゃんの意思は聞いていたからね。断ったんだよ」

「そ……そんなことして大丈夫なんですか」

「わからない。すでに軍部が動き出したと情報があったので急いで帰ってきたんだよ」

「どうなるんですか俺たち……」

「すまない。勇太くん、君たちはここから逃げるんだ。このままではナナミちゃんは無理やり軍に入れられ、人殺しをさせられる」

ナナミが軍に……そんなことは絶対に嫌だ！　俺はベルファストさんに頷いてそれを了承した。

だけど、すでに遅かった。

屋敷のドアが激しく叩かれる。

ドンドンドンッ！

「ベルファスト子爵！　ここを開けろ！　ルダワン軍だ！　トリプルハイランダーの子供をすぐに差し出すんだ！」

外から大きな声でそう怒鳴り声が聞こえる。

「勇太くん、私が時間を稼ぐ。その間にナナミちゃんを連れて裏から逃げるんだ！」

俺はそれに頷くと、ナナミがいる二階のファルマの部屋へと向かった。

ドアを激しく開くと、叫ぶように伝える。

「ナナミ、すぐにここから出るぞ！」

俺の言葉と勢いに、ナナミもファルマも驚いた顔をする。

「どうしたの、勇太。ナナミ、まだここにいたいよ」

「そうも、いかなくなった……ここに俺たちがいたらベルファストさんに迷惑がかかるんだ」

そう言うと、ナナミは泣きそうになったが、ファルマの手を握ってお別れをした。

「勇太……ナナミ……」

ファルマは悲しそうに俺たちを見る。

「ファルマ、すまない。お父さんに迷惑かけてしまった」

そう言ってその部屋から出ようとしたその瞬間、何かが壊れる大きな音がした。

ファルマの部屋から外を見ると、屋敷の庭には三体の魔導機がいた。どうやらベルファストさんが扉を開けないので、強行突破する為に魔導機を使ったようだ。

「ルダワン軍の魔導機ゾフスだ！」

ファルマがそう教えてくれる。

「今の音は。大きな音は……」

俺は嫌な予感がしてすぐに一階へと走った。それにナナミとファルマも付いてくる。

嫌な予感は当たっていた。玄関が魔導機の大きな槍で壊され、そして血だらけのベルファストさんが倒れていた。

「お父さん！」

ファルマがそれを見て叫ぶ。あまりのショックで気が動転しているのか、うまく走れずにフラフラとおぼつかない足取りでベルファストさんの近くに駆け寄った。

「……ファルマ……すまない……父さんはもう……」

「お父さん！　お父さん！　いやだ！　死んじゃいや！」

ファルマは血だらけのベルファストさんにすがりつく——そんなファルマの頭を優しく撫でながら、ベルファストさんは俺を見てこう言った。

「勇太くん……ファルマも……一緒に連れてってくれ……もうこの子に寂しい思いはさせたくないんだ……」

「ベルファストさん！」

「早く！　もう奴らが入ってくる……ぐっ……ファルマ……愛しているよ……うっ……」

短い呻《うめ》き声《ごえ》とともに、ベルファストさんは力なく倒れた。

「お父さん!!」

崩れた玄関の方から声が聞こえる……ザワザワと何かを命令する声が近づいてくる。崩れた玄関の瓦礫《がれき》を撤去し終えたようで、もう中に入ってきそうだった。このままでは何をされるか……。

「ファルマ、ナナミ、このままでは捕まってしまう！　ベルファストさんの言うように逃げよう！」

そう言って強引に二人を連れて屋敷の裏へと回った。

「うっ……うっ……」

裏口から出る時、泣きながらもファルマは小さな箱を棚から取り出していた。

「それは？」

「うっ……お父さんが緊急時に持っていけって言ってた箱」

「そうか……」

もしかしたらベルファストさんの形見になるかもしれないな。

しかし、裏庭にも魔導機が配置されていた。ヤバい、逃げ道がないぞ……そうだ……あの倉庫に一時隠れよう。

あの動かない魔導機のある倉庫へ逃げ込むと、どこか隠れる場所を探した。

「あの中は？」

ナナミの言うあの中とは、あの動かない魔導機のコックピットのことらしい。確かに三人ならギリギリ入れそうだった。

俺たちは魔導機のコックピットに入ると、ハッチを手動で閉めた。

「シ～……静かに……」

コックピットの椅子には俺が座り、その両脇をナナミとファルマが俺に抱きつくように寄り添っていた。

ガシャ～ン！

倉庫の入り口が壊される音が聞こえる。

「やばい、見つかったかな」

「静かに……」

物音が近づいてくるのを感じてそう言う。

「本当に見たのか、ここに誰か入っていくのを」

「間違いねえよ、コソコソと入っていってたぜ」

声が聞こえる。スピーカーのように拡声された声なので、魔導機のパイロットの声かもしれない。

「おい、魔導機があるぞ」

「ふっ、なんだ、ありゃ。オンボロの骨董品《こっとうひん》じゃねえか」

「でもよ、俺たちが追ってるのはトリプルハイランダーなんだろ。もし、こいつに乗って反撃してきたら……」

「ハハハッ――いくらトリプルハイランダーでも、こんな骨董品には勝てるだろうよ」

声はどんどん近づいてくる、そしてとんでもないことを言い出した。

「念のためにぶっ壊しておくか？」

「そうだな、それがいいかもな」

やばい、このままだと魔導機ごと潰されてしまう。

「どうする、勇太、このままだとこの魔導機ごとやられちゃうよ」

「くっ……」

「おい、ちょっと槍を貸してくれ」

外の敵が仲間から槍を受け取ったようだ。槍でこいつを破壊する気か？　ダメだ、このままではこの魔導機ごと潰される。

「くそ……こいつ！　本当に動かないのか！」

そう言って俺はガムシャラに両脇に設置されていた球体状のレバーを握った。

ブ～ン……ウウィ～ン……ピピピッ……カシャカシャ……。

何か妙な音が響く――そして周りの機器の光が灯《とも》っていき、コックピットの壁一面に外の様子が投影される。

「嘘だろ、動いたぞ」

外からも声がする。この魔導機が起動したことで焦っている様子が伝わってくる。

「この骨董品、動くぞ！」

「いいから早く槍で刺し壊せ！」

外の魔導機が物騒なことを言う。

「勇太！　そのまま立ち上がって！」

ファルマがそう叫ぶ。

「ど……どうやって立ち上がるんだ！」

「魔導機は意識で操作できるの、その操作球に念じて！」

ファルマの指示と同時に、外から悪意のこもった叫び声が聞こえてくる。

「ぶっ壊れろ、骨董品！」

敵の魔導機が槍で攻撃してきた。俺は立ち上がってそれを避けるイメージをする。ググッと体が浮き上がる感覚がして魔導機はゆっくり立ち上がる。そして攻撃してきた敵の槍を寸前でサッと避けた。

「なんだと！　こいつ、骨董品のクセに意外に素早いぞ！」

「油断するな、二人がかりで倒すぞ！」

倉庫に入ってきた魔導機は二体。一体は大きな槍を持っていて、もう一体は剣を装備している。

そしてこちらは丸腰、戦って勝てるのか？

槍を持っている魔導機が、その槍で攻撃してきた。その動きはお世辞にも早いとは言えず、まるでスローモーションのように見える。その攻撃を軽く避けると、武器がないので拳でその機体のボディを殴り付けた。

ゴッフ!! 凄い音が響いて、なんとそいつの体が大きくへこんだ。そしてプシュプシュ――とい
う音を鳴らして膝をつくようにその場に崩れ落ちた。

「なんだと！ 拳でD装甲のゾフスのボディを変形させるだと！」

D装甲がどれほどなのかわからないけど、敵は驚いている。もう一体のゾフスが剣を両手で振りかぶって襲いかかってきた。それを右手で止める。敵はググッと力を入れて剣を振り下ろそうとするが、ギギギ……と音がするだけでびくともしない。敵の両手より俺の機体の右手の力の方が遥《はる》かに強いようで、どんどん押し返していく――そして後ろの壁にぶつけるように押し倒した。

倒れた敵から剣を奪うと、そのまま敵の頭に振り下ろす。ブシュッブシュ――と頭が潰れる音がして、妙な煙を噴き出し、グラグラと揺れてそのまま動かなくなった。

「この機体強いよ、ルダワン軍の主力魔導機ゾフスが相手にならないなんて」

「よし、これに乗ってこのまま逃げよう」

俺がそう言うと、二人は頷いて同意する。

しかし、そう簡単ではなかった。倉庫から出ると、三体の魔導機ゾフスが待ち構えていた。

「なんだ、この魔導機は！」

「油断するな、追っているトリプルハイランダーが操縦してるかもしれん。囲んで慎重に取り押さえろ！」

「了解！」

三体はゆっくり俺たちを取り囲むように動いてきた。さっきの戦闘で多少は慣れたので俺は思ったよりは落ち着いていた。右の敵機が斧《おの》のような武器を装備していて、正面が剣を、左の敵が槍を持っている。敵の装備を確認していると、三体が同時に動いた。左の機体の槍の攻撃を左手で掴む、右の斧の攻撃は右手で掴んで防ぎ、前の剣は、右手をグイと引っ張って、強引に斧を持っている機体を盾にして受けた。

「ぐあっ！」

斧の機体は背中を剣で斬り付けられてプシューと煙を噴く――。

「なっ、なんてパワーだ！」

右手の機体を前に放り投げると、そのまま槍をへし折る。そして槍を持っていたゾフスを前に蹴り飛ばした。装甲の隙間からプシュプシュと白いのを噴きながら蹴られた機体は後ろに吹き飛ぶ。地面に激しく叩きつけられた敵はそのまま動かなくなった。

正面の機体が剣で突き刺すように突っ込んできた。その攻撃をサッと避けると、右手で肩の中心辺りを殴りつける。敵の肩の装甲が吹き飛ぶように外れて、胸の装甲の一部も剥がれ落ちる。プシュプシュと白い煙を噴き出し、そのままうつ伏せに倒れた。シューシューと音を立てながらも立ち上がろうとするが、大事な部品が故障したのかうまく立てなくなったようだ。

三体とも行動不能にした俺たちは、そのまま屋敷の敷地から出て歩いて立ち去る。歩兵がザワザワ騒いでいるが、徒歩で追いかけてくる人間を振り切るのは簡単だった。そのまま逃げ去ることに成功した。

ルワダン軍はナナミを狙っている……このままルダワンにいては危険なので、国外へと脱出することを考えた。

「商業国家アルペカに行けばルダワン軍は手を出せないかも……」

ファルマがそう提案してくれる。アルペカはルワダンの隣国で、ここから国境までそれほど距離はないそうなので丁度いい。

「よし、それじゃそこへ向かおう」

俺がそう言うと、ナナミがそっと指摘する。

「これ、目立つけど大丈夫？」

「そうね、普通は魔導機はライドキャリアとかで移動するから、その辺の道を歩くなんてことはあまりないわね」

「ライドキャリア？」

「運搬用の小型地上船なんだけど、高価な物だし、一般人で持っているのはお金持ちか仕事で魔導機を使う人くらいよ」

「まあ、そんなのないから仕方ないよな。このまま歩いていこう」

しかし、郊外なら問題ないけど、街中は流石に目立つ。俺たちはなるべく人里を避けて移動した。

「ファルマ、すまない……俺たちのせいでお父さんを……」

魔導機での徒歩移動の合間に、俺はそう謝罪した。

「ううん、勇太やナナミは悪くない。悪いのはルダワンだよ。私……絶対に許さない！」

そこに強い怒りを感じた。俺もベルファストさんには恩義を感じているし、あの人が好きだった。だから殺されて憤りは感じている。それはナナミも同じで、ファルマの言葉に同意している。

「おじさんの仇《かたき》を討とうよ、ルダワンをやっつけよう！」

「そうだな、でも今の俺たちには無理だ。力をつけないと……」

「強力な魔導機を手に入れましょう！　私、勇太のルーディア値が2っていうのは間違いだと思うの。このトリプルハイランダーでも動かせなかった魔導機を動かしているのがなによりの証拠よ。もしかしたらもっと凄い、とんでもない数値なんじゃないかと思うの」

ファルマの言い分が本当かどうかはわからないけど、俺でも戦えるのは屋敷での戦闘でわかった。いつかルワダンをぶっ倒して、ファルマに謝罪させてやる。

「ナナミも戦うよ。おじさんの仇を討つためだったら魔導機に乗る！」

「ナナミ、ありがとう。トリプルハイランダーのあなたに見合う機体を手に入れましょう。そうすればルダワンを倒せる！」

俺たちはベルファストさんの仇討ちという目標ができた。まずは力を手に入れるために、現実的な問題である資金の入手を考える。

「そうだ、ファルマ、あの箱の中身はなんだったんだ」

ファルマが屋敷を脱出する時に、ベルファストさんに持ち出せと言われていた箱のことを思い出してそう話を切り出した。

「まだ、見てなかった、ちょっと開けてみる」

そう言って彼女は箱のロックを外して開いた。

「お父さん……こんなのを用意してくれてたんだ」

箱の中を見ると、ぎっしりに詰まった宝石だった。なにがあっても娘がお金に困らないように用意してたんだな。

ファルマはベルファストさんが用意してくれていた宝石を迷わず売却すると言い出した。それを資金に魔導機を購入しようと提案してくる。

「とりあえず落ち着け、ファルマ。それはお父さんが残した大事なものだろ」

「うん、だけど……」

気持ちはわかるけど、さすがにお父さんの形見を簡単に売るのには賛成はできなかった。

☆

私を購入した国の人たちは基本的に親切だった。豪華な食事、広く綺麗な住居、皆、私に敬意を払い尊重してくれる。

だけど、私はそんなことは望んでいない。私が求めるのは、教師である自分の職務を全うすることと、クラスのみんなの安全と元の世界へ戻る方法である。こんなロボットに乗って戦うことじゃない……だけど、今はどうすることもできない。私を購入した国の為にただ戦うだけだ。

「正面に敵の部隊が布陣しているな……瑠璃子《るりこ》、第二小隊を連れて迂回《うかい》して側面へ回り込んでくれ」

「わかりました、ミュジー隊長。任せてください」

ミュジー隊長は部隊の共通通信でそう指示した後、プライベートチャンネルでこう言ってきた。

「あっ、瑠璃子……え〜と、こんな時になんだが、この戦いが終わったら大事な話があるんだ。少し時間を作ってくれ」

「はい、わかりました」

恥ずかしい話だけど、すでにミュジー隊長とは男女の関係になっていた。それ以上の話となると一つしか想像できないけど……。

「瑠璃子副隊長、敵部隊を目視しました。数は十機前後、どうしますか」

「ミュジー隊長の攻撃指示があるまで待機します」

私たちの小隊が側面に回り込んだのを確認すると、すぐにミュジー隊長から攻撃命令が出た。

「全部隊攻撃開始！」

それを聞いた私はすぐに魔導機ダルクを動かし、敵機に向けて走り出した。これまでにすでに三度の戦闘を経験し、二桁の撃破数を誇る。ある程度の自信も生まれ、迷うことなく敵機を攻撃した。

不意を突かれた敵は、私の剣の攻撃をまともに受けて首を飛ばされる。さらに隣の敵にも斬りかかり、腕を斬り飛ばす。

ミュジー隊長たちもすぐに敵に襲いかかり、乱戦へと発展した。

数はこちらが多く、さらに最初の強襲が効果的で、すぐに敵部隊を制圧することができた。

「魔導機から降りて投降しろ！」

立っている敵の魔導機は二機、十機以上の魔導機に包囲され、抵抗は無駄だと思ったのか手を挙げて降伏の意思を示している。

敵の魔導機のハッチが開き、二人のライダーが姿を見せた。私はその敵のライダーを見て息が止まる。

大場《おおば》咲良さん、それに田口《たぐち》奈美さん！

敵の魔導機から降りてきたのは私の教え子だった。もしかしたら自分の生徒を殺していたかもしれないと考えてゾッとする。

ミュジー隊長は魔導機から降りてきた二人に剣を突き付けてこう聞いた。

「他の部隊はどこだ？　隠しても無駄だぞ」

「し……知りません……」

咲良さんがそう答える。しかし、ミュジー隊長はその答えが気に入らなかったのかさらに剣を近づけ、もう一度聞いた。

「次はないぞ……我が国では捕虜はどのように扱ってもいい決まりだ。正直に言って生きながらえるか、ここで人生を終わりにするか自分で決めろ！　ほら、他の部隊の場所を言え！」

本当に知らないのだろうか、咲良さんの答えはさっきと同じであった。

「本当に知りません！」

ミュジー隊長はそのまま魔導機の剣を押し出し、咲良さんに触れるところまで近づけた。剣先が咲良さんに触れて、彼女の腕から血が流れる。彼女は小さく悲鳴をあげた……その光景を見て私の頭の中が真っ白になった――。

私は考える前に行動していた、剣を振り、ミュジー隊長の乗る、魔導機の手を斬り飛ばしていた。

そしてそのまま、剣でミュジー隊長がいる魔導機のコックピット目掛けて剣を突き出した。

「私の生徒に何をするの!!」

私は無我夢中で叫んでいた。そして何度もコックピットを剣で突き刺す。

「私の生徒に！　私の大事な生徒に！　どうして！　剣を向けるの！」

ミュジー隊長の魔導機の胴体は何度も剣で突き刺されグチャグチャに変形していく。ミュジー隊長の声は呻き声一つ聞こえない。

あまりに突然の私の行動に呆然《ぼうぜん》としていた部下たちが騒ぎ出した。

「瑠璃子副隊長！　何をしているのですか！」

そこで我に返った私は、咲良さんと奈美さんに、外部出力音でこう指示を出した。

「早く、魔導機に乗りなさい！」

「み、南先生!?」

「そうです、ここから逃げますよ、早くしなさい！」

そう言われ、彼女たちは慌てて魔導機へ搭乗する。

「瑠璃子副隊長！　このまま、行かせられません！」

そう言って止めようとした部下の魔導機を、問答無用で斬り伏せる。それを見て他の部下たちは動きを止めた。私の実力を知っているので迂闊《うかつ》に動けなくなったのか、そのまま何もできずに見守っている。私はその間に、咲良さんたちを連れてその場から離脱した。

三章
剣闘士

俺たちは街道を外れた郊外から国境を越えて、商業国家アルペカに入国した。商業国家アルペカは経済活動を中心に回っている国なので、入国するのは簡単である。大きな軍事行動には反応するが、傭兵《ようへい》や商人などが魔導機を持ち込むのは当たり前らしいので、俺たちが魔導機でウロウロしていても何も言われない。

「ファルマ、気持ちは変わらないのか？」

「うん、宝石を売る！」

「わかった。でも、一個はお父さんの形見として残していたらどうだ？」

「大丈夫、お父さんは私の中にいるから……」

物ではなく心にいるっていうのが彼女らしい。俺はその気持ちを理解して頷いた。

さて、しかし、宝石をどう売却すればいいか。下手に売って安く買い叩かれるのは勘弁して欲しい。ベルファストさんが残してくれた大事な宝石だ、無駄にはできない。

俺は宝石を一個だけ持って、その買い取りの値段を聞いてまわり、信頼できる商人を探すことにした。

「ほほう、いい宝石だね。それなら200万出そう」

「ははん、物はいいようだけど、ちょっと型が古いね。百万でなら買い取るよ」

「こりゃ安物の偽物だね。まあ、見た目はいいから一万なら買い取るよ」

十人の商人に聞いて、全て違う値段を提示された、確認しておいてよかった。ということで、一番高い値段を提示した商人に、全ての宝石の売却をお願いしようとした。

「おい、お前たち、もしかしてあの商人に宝石を売ろうとしてないか」

茶髪のとんがり頭、見るからに怪しそうな男にそう声をかけられた。

「はあ、そうですけど。ダメなんですか？」

「ふっ、一個の宝石の買い取りを聞いて回ってたからそうじゃないかと思ったけど、やめとけ。あの商人はダメだ」

「でも、一番高い値段を提示しましたよ」

「それはお前らがまだ沢山宝石を持ってるって勘付いたからだよ。全部持ってきて、それを安く買い叩く気なんだよ」

「まさか、どうしてそんなことがわかるんですか」

「ふっ……本当に甘ちゃんだな、それは俺も悪徳商人の一人だからだよ」

「悪徳って自分で言うんだ」

「その方が信用しねえか？　自分で悪徳って言う悪徳商人はいないだろって」

「確かに……」

「ははは、本当に単純だな、まあいい。どうだ、俺を雇わねえか」

「え……どういうこと？」

「俺が宝石の売買の交渉をしてやる。その代わりに売り上げの一割を貰う」

「一割……どうもあなたを信用できないし、お断りします」

「やっぱ信用できないか。じゃあ、こうしないか。お前、あの商人に宝石を売るつもりなんだよな。

じゃあ、あの商人が提示した値段より高く売れなければ報酬はいらない、それでどうだ？」

なるほど、それなら俺らが損することはないか。交渉も苦手だし、ちょっと頼んでみるかな。

「わかった、ただし、提示した値段より二割以上高い値段で売れたら一割の報酬をあげるよ。それでいいかな」

「ＯＫ、その条件で十分だ、任せとけ。俺はジャンだ、よろしくな」

彼は満面の笑みでそう言った。


ジャンを連れて、俺たちは予定した商人に宝石を見せてその値段を聞いた。商人は待ってましたとばかりに笑顔でそれに応じる。

「全部で一千万だね。良い物もあるけど、粗悪品もあるからそれくらいだね」

とりあえず商人にはちょっと考えると言って断り、ここからはジャンが交渉することになった。

そして俺たちはジャンの実力を知ることになる。

ジャンはウロウロして交渉する商人を探した。そして一人の商人をターゲットにして、宝石を見せて交渉を始めた。

「おいおい、この宝石で千五百万だと、冗談は顔だけにしろよ、おっさん。これはエメルダの十号、こっちはファイファアのＡ級品だぞ。この二つだけで捨て値で一千万は超えるのに、全部で千五百万……それ本気で言ってんの？　ああ……なるほどね、あんたはそういう商売してるんだ。俺にも商人の情報網があるけど、え〜と、リンベルトさんだっけ、あなたはこういう商人だって言わせてもらうわ」

ジャンがそう言うと、リンベルトさんは青い顔になってこう提案してきた。

「わかった、二千万でどうだ？　それで買い取らせてもらうよ」

「まだわかってないのかリンベルトさん！　俺はこの宝石の売り値を知っているんだぞ、わかるよなその意味が！」

「す……すまない三千万で買い取るよ、本当にそれが限界だ。それで勘弁してくれ」

「よし、売った！」

最初に話しかけた時点ですでに二割以上を達成していたが、そこからの交渉で、三倍もの値段で宝石を売ってくれた。最初は怪しい人だと思ったけど、本当はいい人なのかな。

三千万の一割、三百万を受け取りながらジャンはこう言った。

「おい、俺をいい人だと思ったんじゃねえだろうな？　甘《あめ》えな、違うぞ。俺は口を動かしただけで、この三百万を手に入れた。もともとはこれすらお前らは払う必要はねえんだよ。お前らがボンクラだと気がついて話しかけて、こうして見事、この金を手に入れたんだよ。わかるか」

「確かにそうかもしれないけど……もし、ジャンがいなかったら俺たちはもっと損をしてたから、本当にありがとう」

「たくっ……だから甘ちゃんなんだよ。それで、その金で何するつもりなんだ」

「魔導機を買おうと思ってる」

「ほほう、お前、ライダーなのか？」

「まあ……」

「ふん、その調子だとまた騙されそうだな。よし、乗りかかった船だ。どうだ、もう一度俺を雇わないか」

「何をしてくれるんだ」

「魔導機の購入の交渉をしてやる。安くて良いものを買ってやるよ」

「ジャンの報酬は？」

「まあ、それはいいわ、サービスだ。さっきだいぶ儲《もう》けさせてもらったからな」

凄く助かる提案である。だが無報酬とはちょっと気がかりであった。

「起動ルーディアはどれくらいの魔導機を探してるんだ」

「1万以上のを探してる」

「嘘だろ……お前、ハイランダーなのか？」

「いや、俺じゃないけどね」

「そのお嬢ちゃんたちのどっちかがハイランダーなんだな」

「まあ、大きな声じゃ言えないけど」

「だけど、ちょっとお前の予算だとハイランダー用の魔導機は流石に無理かもしれないな」

「そんなに高いの？」

「ああ、安くても一億はすると思うぞ」

「うっ……全然足りない」

「う～ん、一つ手がないこともない」

困っている俺を見てジャンがそう言う。

「どうするの？」

「その金を元手に増やすんだよ」

「増やす？　どうやって？」

「コロシアムだよ。剣闘士って呼ばれてるライダーたちを知ってるか？」

「いや、知らない」

「金を賭けて魔導機同士が戦うんだ。ハイランダーなんて剣闘士には滅多にいないから、大儲けできると思うぜ」

なるほど、確かにいいかもしれない。俺はルダワンの正規軍を倒した実績があるし、勝てるような気がしてきた。

「どうやったらコロシアムで戦えるんだ」

「おっ、乗ってきたな。俺に任せときな、儲けさせてやるよ」

俺はハイランダー用の魔導機を購入する為に、コロシアムで戦うことになった。お金を稼ぐ為に戦うってのも少し野蛮ではあるが、背に腹は代えられない、魔導機を購入する為に頑張ろうと思う。

◆

朝、起きると知らない部屋にいた。少し考えて、そこが新しい自分の部屋だと思い出す。

洗面所で顔を洗っていると、部屋をノックされる。

「はい～」

そう返事をすると、ドアを開けてラネルが入ってきた。

「おはよう、渚。どう、ちゃんと寝れた」

「うん、ぐっすり眠れたよ」

「それは良かった。朝食の用意をさせたから一緒に食べよう」

「ありがとう」

私とラネルは、食堂へと向かう。食堂ではすでに王と二人の姫が食事をしていた。

「渚、おはよう！」

「おはよう、渚」

「おはよう～」

各々声をかけてくれる。王族とは思えないようなフレンドリーさだ。

朝食はパンや卵料理、スープにサラダ、それに煮物や魚料理、肉料理と多種が並んでいた……王族の食事にしては質素だけど、私には十分豪華に見える。

食事を終えると、ラネルとユキハに連れられて、魔導機の倉庫へとやってきた。そこで二人の人物を紹介される。

「どうも、俺はジード。アムリア軍のエースライダーだ！」

ジードと名乗った人は金髪の爽やかスポーツマン風の男性で、普通にカッコいい……。

「俺はデルファンだ、まあ、よろしく」

デルファンは色黒の大男で、寡黙そうな印象がある。

「ジードがエースライダーってのは話半分に聞いておいて」

「なんだよラネル、俺以外にエースがいるか？」

「俺がいるだろ」

「デルファン、模擬戦では俺の百八勝百七敗で勝ち越してるだろ」

「嘘を言うな、俺の百八勝百七敗だ、お前は負け越している」

「ほほう、それじゃすぐに白黒つけようぜ」

「望むところだ」

そう話が進んでいるところへユキハが話に割り込んだ。

「今日はダメよ二人とも、渚の指導を優先して」

「仕方ないな～それじゃ、模擬戦は今度だ、デルファン」

「わかった」

とりあえず乗らないことには始まらないだろうと、私は魔導機のコックピットに乗り込んだ。ロボットのイメージだから難しい機器がいっぱいあるんだろうなと思っていたんだけど、中は予想よりシンプルで、これで本当に動かせるのかと疑問に思うくらいであった。

「渚、両脇にあるその丸い球体に手を乗せて。そうそう、それは操作球といって、そこに動きのイメージを送ることで魔導機を操ることができるの」

ユキハがそう説明してくれる。

「念じるだけで動くってこと？」

「ほとんどの動作はそれだけで大丈夫。まあ、習うより慣れろよ。実際にやってみようか」

コックピットのハッチの開け閉めは手動で行うので、中からカチッと閉める。操作球に手を置いて起動をイメージした。ピーカチャカチャと何かが動く音がして、周りの機器に電力が供給されるように点灯していく。そしてハッチや周りの壁に外の様子が投影された。

「凄い、やっぱり渚はハーフレーダーなのね。ちゃんと起動した」

「ユキハ、どうしたらいいの」

「とりあえずなんでもいいから動いてみて。ジードとデルファンにサポートさせるから安心して」

それじゃ、とりあえず歩いてみようかな。私は歩行のイメージを操作球に送った。ラスベラはゆっくりと足を動かして前に進み始めた。

「いいよ、その調子」

次はジャンプしてみよう。ぐっとしゃがんで真上に跳躍する。フワッとした浮遊感に包まれると、次の瞬間、ドスンとその場に着地した。どうやら空を飛んだりするのは無理そうだ。

基本的な動きに慣れてくると、ユキハがこう指示してきた。

「それじゃ、ジードとデルファンにラスベラを拘束させるから、それを振《ふ》り解《ほど》いてみて」

後でラネルが熱く語っていたんだけど、ジードの乗る魔導機はバルベラといい、起動ルーディア値3000の機体。デルファンの魔導機はターベラといい、こちらのも起動ルーディア値3000の機体であった。この二体に両脇から抱えるように押さえられる。

「これは何の為なのユキハ！」

「戦闘訓練に決まってるでしょ。それくらい自力で抜け出せないと戦闘になったら死んじゃうわよ」

もう、抑止力とか何とか言ってなかったかな……私はブツブツ言いながらも、ガシガシ体を動かしてその拘束から抜け出そうとした。

最初はビクともしなかったのだけど、機体を動かすコツが少しわかったのか、前に重心を置いて、一気に力を後方に持っていき、二体の腕を振り切った。やはりパワーは私のラスベラの方が上のようで、ジードとデルファンは力負けしたのか尻餅をつくように後ろに倒れた。

「渚、うまく動かしたわね。ジードもデルファンもエースライダーの椅子は渚に奪われそうね」

「おいおい、ユキハ、今のは手を抜いてやってるからな。本気出せば抜け出すのは無理だぜ」

「そうだな、ジードを抜くのはすぐだろな」

「デルファン、俺が抜かれるってことはお前も抜かれるってことだからな」

「ふっ、それはどうかな」

「この野郎、いいだろう、ここで白黒つけてやる！」

「だから、二人とも、今日は渚の日だからね。変な張り合いは今度にしなさい」

なんだかんだ言って二人とも仲がいいように見える。やはりこの国は平和なんだなと実感した。

◆

コロシアムの近くは雰囲気が全く違った。静かな殺気というか、乱雑で殺伐としている。行ったことないけどスラム街とか少しカオスな街並みなどのイメージが近いように思う。

「俺から離れるなよ。ここにいる奴らは全員、金の亡者のクソ野郎だからな」

ジャンがそう警告する。

コロシアムはかなり大きいドーム状の建物だった。円形に客席が並び、中央には野球場くらいの広さのスペースがあった。

「参加する前に一度、剣闘士の戦いを見ておけ。だけど参考にはするなよ。剣闘士は戦い方の癖が強いから、人によって対応が全然違うからな」

ジャンの言うように、剣闘士の戦いは面白いものだった。対戦する一機の魔導機が出てくると、会場は異様な盛り上がりを見せる。場内にアナウンスが流れた。

「今日の第一戦でいきなりの登場、ここ最近では一番の注目株、ただいま十連勝中のライダーは山《やま》倉伸介《くらしんすけ》！　対するは古株の剣闘士、総勝利数は三百と実績は十分、アルドメン！」

ちょっと待て、今、山倉伸介って言ったよな……クラスに同姓同名がいるけど、まさかな……。

山倉伸介の魔導機は黄色いゴリラみたいなゴツい機体であった。対する相手は真逆に細く小さい機体で、見た目では圧倒的に山倉伸介が強そうだ。

電光掲示板のような大きなモニターに、対戦オッズが表示される。どうやら見物人の評価は古株の剣闘士に分があると見ているようだ。

「ロートルのライダーが！　さっさと引退しなかったことを後悔させてやるぜ！」

うむ……やはり声も似ている。しかし、あの大人しい山倉伸介がこんなこと言うかな……。

「ふっ、若造が。剣闘士の戦いがルーディア値だけで左右されないことを教えてやるよ」

お互いの言い合いが終わると、すぐに試合が開始される。まずは山倉が先手を打ったようだ。どんどん前に進んで敵に近づく。対する相手の機体はそれを待ち構えていた。

山倉が持っている棍棒《こんぼう》のような武器で攻撃する。それをサッと避けて、ナイフのような短い武器で山倉のボディーを攻撃する。しかし、見た目通り攻撃力がないのかダメージは与えてないようだ。

山倉は敵の攻撃が非力なのを悟ったのか無防備に敵に接近する。相手はナイフでチマチマ攻撃するが、やはり全く効いているようには見えない。

「もらった！」

しかし、それは古株剣闘士の誘いだったようだ。大きく踏み込んだ山倉に、相手の魔導機の背中から現れた大きな手のようなアームが襲いかかり、がっしりと山倉の機体を捕まえた。

「なんだと！」

「ふっ、大型魔導機も動けなくする巨大アームだ！　そのまま無抵抗に嬲《なぶ》り殺《ころ》されろ小僧！」

山倉を大きな手で動けなくすると、古株剣闘士は棒を取り出して、その先端にナイフを装着する。短い槍と化したその武器で、山倉の機体を攻撃し始めた。ナイフの時より攻撃力があるのか、流石にダメージは受けているようだ。

「へぇ――おっさんよ！　そんな攻撃でこのゴリオンがやられると思ってるのか！　見せてやるよ、最大出力十万のこのパワーを！」

そう言うとググググッと拘束しているアームを引き離し始めた。

「無駄だ、十万パワーでもこのアームは……」

そこで古株剣闘士の言葉が止まった。なぜなら拘束しているアームが変形し始めたからだ。

「嘘だろ！」

「嘘じゃぁねえんだよ、おっさん！」

ゴガシャ!!　すごい音と共に、アームはグシャリとひん曲がり折れた。自由になった山倉は、棍棒を大きく振りかぶり、思いっきり古株剣闘士の頭を叩いた。軽装の機体である古株剣闘士の魔機は、その衝撃で首が吹き飛び、ボディーにも致命的ダメージを受けたようだ。プシューと音を鳴らして、その場に崩れるように倒れた。

「勝負あり！　勝者、山倉伸介！」

わあぁぁ……ザワザワ……山倉の勝利を祝うように、観客席から歓声があがる。山倉は手を挙げてその歓声に応えた。その表情や態度から余裕が見える。クラスメイトだった時とは別人の山倉がそこにいた。

「よし、では対戦相手でも探しに行くか」

ジャンがそう言ってきた。

「どんな相手がいいのかな」

「まずは金を持ってないと始まらない。そしてある程度自信家である必要がある」

「そんなの外見でわかるものなのか」

「だから俺がいるんだろ、その辺りは任せておけ、人を見る目だけは自信がある」

そしてジャンが選んだのは、酒場で豪快に笑っていた映画に出てくるバイキングのような風貌の男性であった。

「なんだ、俺と戦いたいっていうのか、それは面白い。それでそいつの実績はどんなもんなんだ」

「この戦いが初戦になる」

「ガハハハッ～～！　初戦にこの赤龍《せきりゅう》のケベンを指定するとは無謀な奴だな。悪いがそんな鼻垂れ小僧と試合する気にはならねえな、他を当たってくれ」

「掛け金は二千万だ」

「……なんだと！　それは本気か？」

「本気だ。それでも受けねえのか」

「……ふっ……いいだろ、受けてやるよ。しかし、後悔するなよ！」

「そちらこそな」

こうして、俺の初戦の相手は赤龍のケベンという人物に決まった。

「相手、強そうだけど大丈夫かな」

ナナミが心配そうに言う。そんな彼女に俺は自信満々の顔で……。

「俺は絶対に勝つから心配するな」

「ちょっと待てよ、魔導機に乗るのはお前なのか？　ハイランダーのお嬢ちゃんじゃないのか？」

「俺だよ、ハイランダーじゃないけど、絶対に勝つから」

「いや、ハイランダーに任せた方がいいんじゃねえか？　同じ機体でもルーディア値でかなりの差が出るからな」

「いや、まあ、実は仕方ないんだよ。俺にしか今乗ってる魔導機が動かせないからね」

「へぇ？　どういう理屈なんだ？　ハイランダーが動かせない魔導機を、お前は動かしてるのか？」

「なんだろ……相性かな？」

「いや、そんな話聞いたこともないぞ……単純に考えて、そのハイランダーより、お前の方がルーディア値が高いって考えるのが妥当だ」

「いや、それはない。俺のルーディア値は2だから」

「……なんだと！　2……ますますおかしな話だな。そんな数値じゃ魔導灯すらつかないぞ」

「まあ、ちょっと変な魔導機だから理屈じゃないんじゃないか」

「う〜ん、まあ賭けるのは俺の金じゃねえからいいけどな」

コロシアムには剣闘士の戦いを管理する組合があった。剣闘士ギルドと呼ばれる組織で、対戦の管理や斡旋《あっせん》、それに勝負の保証などを行っている。剣闘士ギルドに今回の対戦を申請して、掛け金を納める。これによって負けた相手が、掛け金を踏み倒すのを防ぐことができるのだ。

「なんか、グレーな商売かと思ったけどちゃんとしてるんだな」

「まあな、昔は無茶苦茶だったみたいだけどな。今は剣闘士ギルドの力が強いから、大人しいもんよ」

「それで俺の対戦はいつに決まったんだ」

「午後の一番だ」

「早いな」

「夕方からは大きな対戦があるからな。勇太のような初対戦の試合は早い時間に押し込められるのが普通だ」

「なるほどね、前座ってとこかな」

「そういうことだ。それより、そろそろ魔導機の準備した方がいいんじゃねえか。下に出場する選手の控え倉庫があるからそこに行きな」

「そうだな、ナナミ、ファルマ、俺は魔導機を取ってくるから、ここでジャンと待っててくれるか」

二人は頷いた。ちなみにファルマは大きなローブで体全体を隠しているので頷きもよく見えなかったけど、動きの雰囲気は伝わった。

俺の魔導機はコロシアムの近くの広場に置かせてもらっていた。鍵とかついてないけど、俺以外に誰も動かせないので盗む奴はいないだろ。

魔導機は無事にその場に置かれていた。俺はそれに乗るとコロシアムの控え倉庫に向かった。

控え倉庫に行くと、係の人が近づいてきた。

「午後一の対戦に出場する勇太さんですか」

「はい、そうです」

「使う機体はこれですね」

「はい」

「それでは機体名を聞いていいですか」

「機体名？」

「この魔導機の名前です。ないですか？」

「あっ、そうですね……」

「登録に困るので、今すぐに適当でもいいので付けてもらえますか」

「はあ……」

魔導機の名前か、そんなの考えてもなかったな。そうだな、何にしようか……白い魔導機か……白と言えば……俺は子供の時に見たアニメを思い出していた。白いライオンの子供が活躍する話で、その名前が確か……。

「名前はアルレオで登録してください」

「アルレオですね、わかりました」

こうして俺の魔導機に名前がついた。係の人はその名を聞いて、書類に記入している。

対戦前にジャンが助言をしてくれる。それは何ともジャンらしいものだった。

「いいか、余裕があってもギリギリで勝ったように見せろ」

「どうしてだ？　さっさと倒した方がいいだろ」

「バカか、強い姿なんか見せたら、次のマッチングがしにくくなるだろうが。いいから弱いふりをしろ」

「なるほど……」

何とも計算高い男だ。

前座試合ということもあり、俺の試合は大雑把に始まった。係の人に魔導機に乗ってコロシアムに出るように言われて、出るとすでに敵が待ち構えていた。

「さて、次の試合は本日、初戦の新しい剣闘士、勇太！　機体はアルレオ！　未知の力でどこまで戦えるか見ものです！　対するはすでに五十勝をマークしてる中堅剣闘士、赤龍のケベン！　機体はホルガ」

電光掲示板にオッズが表示される。『57／1.5』どうやら俺はとんでもない大穴らしい。

「さあ！　試合開始です！」

ブーとブザーのような音が鳴ると、相手が走ってこちらに突撃してくる。

「さっさと終わらせてやるぜ！」

敵の武器は大きな斧であった。威力は大きそうだけど……。

ケベンはその大きな斧を振りかぶって俺に振り下ろしてきた。なんとも動きの遅いことか……これなら屋敷で戦った魔導機ゾフスの方がまだ早い。俺は軽く避けた。

「何！」

ケベンは攻撃を避けられたのが意外だったのか驚いているようだ。そのまま無防備のボディに拳で攻撃してもいいけど、苦戦しろって言われてるからな……俺はガムシャラな感じで体当たりした。しかし、軽く体当たりしただけで、敵の魔導機が吹っ飛んだ。

「ぐはっ！」

おおおぉ～と歓声があがる。

見ると相手の機体からプシューと煙のようなものが吹き出している。いや、これはやばいぞ……このまま勝ったらジャンに何言われるか……。

ヨロヨロとしながらも、なんとか敵が立ち上がる。よし、頑張れケベン、まだお前は戦える！

「くっ……油断したぜ……まさかこれほどの力を持ってるとはな……しかし本番はこれからだ！俺の必殺の攻撃を受けてみろ！」

うむ、どんな攻撃かはわからないけど、これは食らった方がいいかな……俺は敵の攻撃を受ける覚悟をした。

ケベンの必殺の攻撃は、大きな斧をグルグル回してコマのように回りながら相手に近づいてくるものであった。俺はダメージを覚悟してそれを体で受けた。

ガシャン！　と大きな音が響いて、俺のアルレオがケベンの斧を弾《はじ》き返《かえ》した。しかもその衝撃でケベンの機体がまた吹き飛んでしまった。

ケベンの機体はプシュプシュと音を立てて倒れている。うっ……ちょっと待て、まだ倒れるな！

しかし、俺の願いも虚《むな》しく、ケベンは立ち上がることはなかった。

「勝者、アルレオ、勇太！」

おおぉぉ〜と大きな歓声がまたあがる。あああ……簡単に勝っちゃったよ……。

控え倉庫に戻ると、やはり鬼の形相のジャンが待っていた。

「苦戦しろって、言ったろうが馬鹿勇太！」

「ごめん……まさかあれで勝てるって思わなかったから……」

「ふんっ、次の相手は強くなるけど覚悟しておけよ。もう手頃な相手は見込めないからな」

「わかってるよ」

ジャンとそんな会話をしていると、ナナミとファルマがウキウキでやってきた……。

「見て、勇太！　こんなに儲かったよ！」

そう言って見せてきたのは大量の一万ゴルド硬貨であった。

「どうしたんだ、それ？」

「生活費で貰ったお金全部、勇太に賭けたんだよ」

「なんだと！」

確か生活費でナナミに渡してたのは十万ゴルドだ。それを全部賭けたって……確か俺のオッズは57とかだったよな、てことは十万の五十七倍……五百七十万!!

「へへっ、実は俺もお前に賭けてたんだよ」

ジャンが嬉しそうにそう言う。

「いくら賭けてたんだよ」

「俺も十万だ！　くそっ、もっと賭けてりゃ良かったな」

なんとも、あの一試合で俺たちはかなり荒稼ぎしたみたいだ。


やはり、初戦での戦いが圧倒的だったこともあり、次の対戦はなかなか決まらなかった。そこでジャンが秘策を使うと言い出した。

「ハンデマッチで戦うぞ」

「ハンデマッチ？」

「そうだ、こちらに不利な条件で試合を申し込むんだよ」

「ええ！　不利な条件って？」

「例えば複数人での戦いだな。勇太一人で相手は三人とかな」

「ちょっと、そんなの勇太が可哀想《かわいそう》だよ」

「そうだわ、勇太、そんな戦いする必要ないよ」

ナナミとファルマはそう言うが、でも、警戒して試合してくれなかったらどうしようもないからな。それに最初の試合で苦戦しろってジャンの助言を聞けなかった俺も悪いし。

「わかった、ハンデマッチで申し込んでくれ」

ナナミとファルマが悲しい表情をしたけど、屋敷でも三人を相手に戦ったりしてるし、なんとかなると思う。

ハンデマッチの相手として声をかけたのは、剣闘士グループのメンバーだという三人組であった。最初は交渉を真面目に聞いていなかった三人だけど、ハンデマッチのルールと掛け金の金額に反応を示す。

「ハンデマッチで対戦だと、本気で言ってんのかい、あんちゃん」

「そうだ、それで受けてもらいたい」

「しかも、掛け金が四千万とは金をドブに捨ててえのか？　それとも俺たちを舐《な》めてるのかどっちだよ」

「別にあんたたちを舐めてるわけじゃない、どの相手にも対戦を断られて困ってるんだよ。このままだと戦えずに剣闘士引退だ」

ジャンが正直にそう言うと、理由に納得したのか相手の一人がこう言ってきた。

「なるほどな。確かに前の試合ではいい動きしてたからな、他の奴らならビビッて試合を受けないかもな。だけどな、俺たちはそんなひ弱な奴らとは違うぞ。やってやろうじゃねえか、三対一のハンデマッチ、掛け金四千万で受けてやる」

偉そうに言っているが、ハンデマッチは受け入れるんだな。

こうして次の試合が決まった。三対一のハンデマッチ、掛け金は四千万と大きな試合なので、前回の試合より明らかに注目されていた。

「相手は中堅剣闘士三人だ。初戦の相手より三人とも格上で、厳しい戦いになると思うけど、思いっきりいけ」

「手は抜かなくていいのか」

「ははは、そんな余裕は流石にねえだろ。余計なこと考えないで勝つことだけ考えてろ」

ふむ……正直、まだ本気で戦ったことないんだよな。実際自分の力がどれくらいかもわからないのが本音なんだけど。

「そうだ、勇太、流石に三対一で素手はキツイだろ、武器を買いに行くぞ」

「そうか、俺も武器を持ってもいいんだよな」

「なんだよ、素手のスタイルは好みってわけじゃなかったのか」

「武器って発想がなかっただけだ」

「たく、頭は良くねえよなお前……」

「うるさいな、確かに否定はできないけど」

とにかく、アルレオの武器を購入することになった。コロシアム周りには剣闘士を相手にしている魔導機用の武器屋などが多く存在した。そのうちの良さそうな一軒に入り、アルレオに持たせる武器を選ぶことにした。お邪魔した武器屋は豊富な品揃《しなぞろ》えで、あらゆるタイプの武器が揃っていた。

まあ、その中にはどうやって使うんだと困るような武器も多くあったが、大半はすぐに使えそうな単純な形である。

「やっぱり剣がいいかな」

「どうしてだ？」

「かっこいいからだ！」

「やっぱ俺が選ぼう、その方が百倍マシだ」

「ええ！」

「やっぱりトンファーがいいな、攻防に優れた武器でバランスがいい」

「やだな、なんかかっこ悪い」

「だから！　見た目で選んでんじゃねえよ！」

結局、強引にトンファーを購入させられた。しかも、百二十万ゴルドと結構な値段である。最初は嫌で仕方なかったトンファーだったけど、実際にアルレオに装備させてみると意外に似合っていて、思ったより気に入った。


そして、ハンデマッチの試合の時がやってきた。

「勇太、いいか、そのトンファーはマガナイトでできている特注品だ。かなり攻撃力があるから、それで思いっきりぶっ叩いてこい！」

俺はジャンの言葉に頷いた。

「勇太、頑張って！」

「勇太、怪我しないでね」

ナナミとファルマも応援してくれる。手には何かの紙を持ってるので、また俺に賭けたのかな。

「さて、本日のスペシャルマッチ、先日、デビュー戦で圧倒的な力を見せつけた新鋭が、中堅剣闘士三人を相手に戦うハンデマッチ。流石に無謀だ。あまりに無知だとの下馬評を覆すことができるのか！　この試合で二戦目、新人剣闘士の勇太！　機体はアルレオ！　対するは三人の剣闘士、ジムニー、ファル、エポリニの三人、機体はルドラ、ベンシー、ハイドラの三体！」

電光掲示板にオッズが表示される。『48／1.7』もちろん俺が48である。どうやら初戦はまぐれだと思われたようで人気は上昇していないようだ。

「さぁ！　試合開始です！」

試合が始まると、三人は俺を囲むようにゆっくりと近づいてくる。

「へへヘッ……バカな奴だな！　三対一の勝負がどれだけ不利かわかってねえみたいだな！」

「ふふっ……こうやって三方向から一斉に攻撃されたら、普通は避けることもできねえんだ！」

「俺たちの攻撃は一撃でお前の機体を破壊できる。それがどういう意味かわかるよな！」

三人はいかに自分たちが有利な状況か説明してくれる。そんなの言われなくてもわかってるって。

三人はタイミングを合わせて一斉に攻撃してきた。前の敵は長い槍で、左の敵は大きな斧で、右の敵は両手剣である。俺は長槍の攻撃を体を捻って避けると、右と左の敵の攻撃をトンファーで受けた。

「なんだと！」

驚いている三人の隙を突き、トンフォーで長槍を上から叩いてへし折ると、前へ踏み込み、長槍の敵の頭をトンファーを回してぶち当てた。

ガツッと鈍い音がして、首が曲がる。そいつはそのままプシューという音を鳴らして膝を突いた。

右の敵が両手剣を振りかぶる。俺は左足でその機体を蹴り飛ばす。両手剣を振りかぶりバランスが悪くなっていたそいつは後ろにぶっ倒れた。

左の機体はそれを見て動揺しているようだ。俺は体を回転させて勢いよくトンファーで体を激しく殴打した。メシッという音がして、そいつのボディーは大きくへこみ、プシュプシュ煙を出して、真後ろにゆっくり倒れていった。

右の機体が起き上がるが、見ると動けるのが自分一人になっていることに気がついたようだ。ビビッて動揺しているところを、俺はトンファーの突起部分でガツッと突いた。首元に大きな穴が開いて動きが止まる。そして持っていた両手剣を落としてそのまま崩れるように倒れていった。

「勝者、アルレオ！　勇太！」

そう宣言されると、大きな歓声があがった。


ハンデマッチも勝利した俺は、控え倉庫へと戻ってきた。そこで思わぬ再会をする。

「うほー、本当に勇太だぜ、どんな奇跡か魔導機に乗ってやがる」

そう声をかけてきたのは見知った人物だった。

「芝居《しばい》、久しぶりだな、元気にやってるのか？」

クラスメイトの芝居だ、特に仲が良かったわけではないが、久しぶりの再会に素直に嬉しくなる。

しかし、向こうはそうは思ってないようだった。

「おいおい、昔クラスメイトだっただけで気安く人の名前を呼んでんじゃねえよ。今の俺とお前では天と地ほどの差があるんだからよ」

「天と地って……何言ってるんだお前？」

「だから、お前とか言ってんじゃねえってゴミが！　俺はルーディア値３２００のエリート、お前はルーディア値２のゴミ、この差がわかるか？」

「なんだよ、ルーディア値なんてただの数字だろ」

「ただのじゃねえんだよ！　この世界ではそれが全てなんだ！　理解しろ、そして俺に敬意を払え！」

どうも芝居の奴、ちょっとおかしい感じに変わってしまったようだ。このままだと全然話が通じなそうなので会話を切り上げる。

「わかった、お前は凄いよ。それじゃ、仲間が待ってるから」

そう言ってその場から去った。芝居はまだ後ろから何やら言っているが無視した。

「勇太！」

俺を見つけたナナミとファルマが、喜びの笑顔で近づいてくる。

「また儲けたよ！」

やっぱり俺に賭けていたようで、大量のお金を持っていた。

「今度はいくら賭けたんだ」

「百万！」

「ぶっ！」

俺は飲んでいた飲料水をぶちまけた。え〜と、確か倍率は四十八倍だったよな——ってことは四千八百万！　嘘だろ、試合の掛け金より儲けてんじゃないか。

「よし、とりあえず、その儲けた金で豪華な飯でも食べに行くか」

俺がそう言うと、ナナミとファルマは満面の笑みで頷いた。

「飯食いに行くんだろ、俺も連れてけよな」

ホクホク顔のジャンがそう言いながらやってくる。

「その顔はジャンも俺に賭けたな」

「いや〜流石の三対一のハンデマッチで、客はほとんど敵さんに賭けてくれてたからな〜儲かったわ」

「ジャンはいくら賭けてたんだ」

「百万！」

「ぶっ！」

いや、俺の試合でどれだけ儲けようとしてんだよ。

とにかく、俺たちは豪華な飯を食おうと場違いなレストランへとやってきた。

「失礼ですが、こちらはかなりお高い値段設定になっているレストランです、お客様のような身なりの……あっ、いえ、あなたにお支払いできるような金額ではありませんので、あちらの庶民用のレストランに行かれてはどうですか」

やんわりと失礼な断られ方をする。まあ、庶民用のレストランでもいいかと、諦めようとしたが、ジャンは店員の態度が気に入らなかったようで反論する。

「なんだてめえ！　俺たちがこの店で食べるほどの金がねえって言ってるのか？　ほほう、この店がどれほどの金額か知らねえけどよ、十万ゴルド硬貨が山ほどある客を追い返していいのか！」

そう言いながら袋に入った十万ゴルド硬貨を見せた。

「こ……これは失礼しました！　す、すぐに席をご用意します！」

やはりお金の力は絶大なのか店員は慌てて態度を変えた。


店内は昔の中世の宮殿の雰囲気で、明らかに高そうである。こんな贅沢《ぜいたく》していいのかと思うが、今日は勝利祝いも兼ねてるので特別だ。

「お客様、ローブをお預かりします」

ファルマは顔や体をローブで隠している。それを店員が預かろうとするが、彼女はそれを望んでいない。

「いや、その子は酷い火傷《やけど》をおってるんだ。そのままでいいかな」

「あっ、それは失礼しました」

店員はそう言って身を引いた。

「美味しい、こんなの食べたの初めて！」

ナナミがそう言って喜んでいる。ファルマも嬉しそうなので来て良かったと心から思った。

「おい、これと、これと、これを持ってこい。あと、この店で一番いい酒もな」

「おい、ジャン、景気よく頼んでいるけど、割り勘だからな」

「ケチケチすんなよ、たっぷり儲けたんだろ」

「いや、それはジャンも一緒だろ」

「へっ、まあ、そうだけどな、ハハハッ……」

どうやらジャンは本当に悪い人間じゃないようだ。悪い奴がこんな笑顔で笑えるわけがない。


それから四人で楽しく食事をしていると、それを邪魔する存在が現れた。

「ギャハハッ　見ろよ！　マジで勇太だぞ！　おいおい、こんな店にいるなんて奴隷から一気に出世したな！」

大声でそう言ってきたのは、クラスでは比較的仲の良かった、原西だった。原西と一緒に山倉と芝居もいる。どうやらこの三人は一緒に行動しているようだ。

「原西か……」

さっきの芝居との会話を思い出し、親しいクラスメイトとの再会を喜ぶ気にはなれなかった。それに原西も芝居と同じ目をしているのが気になる。

「ルーディア値2のゴミがどんな魔法を使ったら魔導機に乗れるんだ！　余程特殊な機体なんだろうな」

山倉がそう言うと芝居も言葉を続ける。

「それに今日の試合も見たぜ。なんだあのインチキな試合は、猿芝居にほどがあったぜ。あの三人の剣闘士にはどれだけ金を渡したんだ？」

どうやら今日の試合は相手の三人と共謀した八百長試合と思ってるらしい。

「別に八百長なんてしてないぞ。それよりお前ら、性格変わったんじゃないのか？」

「ギャハハハッ――――！　性格が変わった？　そりゃそうだろ、俺たちは特別なんだよ！　そこらの低ルーディア値のクソどもと一緒にするんじゃねえよ！」

何があったのか、どうやら芝居だけではなく、山倉も自分を特別な存在だと思い込んで、馬鹿みたいな変化を遂げたみたいだ……なんとも情けない奴らだな。

「原西、お前もそう思ってるのか？」

原西、こいつだけは変わっていてほしくなかったが、原西から出た言葉のレベルは、芝居たちと大差がなかった。

「はあぁ？　誰を呼び捨てにしてんだよ、2の勇太！　原西様だろ！　ゴミルーディア値のお前が俺たちと対等に話ができると思ってんじゃねえよ！」

もう怒りより悲しさしか湧いてこない。そんな俺の表情を察したのか、ナナミとファルマが原西たちに反発した。

「お前ら勇太を馬鹿にするな！　どっか行け！」

「勇太はゴミじゃない！　勇太はいい人だよ！」

二人がそう思ってくれてるのが嬉しかった。

「ギャハハッ！　なんだよ、勇太。こんな子供飼いならしてんのか？　まあ、ゴミにはゴミの飼育がお似合いだな」

「おい、ここでそんなローブは失礼だぞ、不細工な顔隠してんのはわかるけど、さっさと脱げよ！」

そう言いながら山倉がファルマのローブを剝ぎ取った。獣人化しているファルマの体が晒《さら》されて、店内で小さな悲鳴が聞こえる。そしてザワザワとざわつき始めた。

俺はすぐに剝ぎ取られたローブを手に取ってファルマにかけてやる。そして山倉をぶん殴った。

「いて！　何すんだよゴミが！　てか、高貴な俺の体に触れてんじぇねえよ！」

「どこが高貴だ、馬鹿どもが！　人の嫌がる事をするんじゃねえよ！」

「ほう、ゴミが俺たちを馬鹿って言ったぞ、おもしれぇ——こいつ、ぶっ殺そうぜ！」

原西が殺気立ったところで、今まで黙っていたジャンが話に入ってきた。

「おいおい、どんな関係か知らないけど、お前ら剣闘士だろ？　こんなところで殺す、殺さないなんて言ってないで、どっちが正しいかはコロシアムで決着つけたらどうだ」

「はあ、このゴミと俺たちが試合だと？　キャハハッそんなの勝負になるかよ、お断りだ！」

「時間の無駄だな、さっさと行こうぜ。こんな奴らがいる店で飯なんて食えねぇよ」

「そうだな、殺すのは今度にしてやる。勇太、お前、今日から俺たち、チームドウルフの敵な。仲間全員に伝えとくから覚悟していろよ」

原西たちはそう捨て台詞《すぜりふ》を吐いて店を出ていった。

「嫌な奴ら！　ナナミ、あいつら嫌い！」

「私も嫌い」

ナナミもファルマも嫌悪感たっぷりでそう言う。

「俺も商売柄色んな人間見てきてるけど、あれだけ素直に増長してる奴らは久しぶりに見たな」

ジャンはある意味感心したようにそう感想を述べた。

「あいつら、前はあんなじゃなかったのに、どうしたんだよ……」

「人ってのはな、今まで評価されなかった奴ほど、何かで持ち上げられた時、大きな勘違いをしてしまうもんなんだよ。しかもこの世界はルーディア値が全てだ。ライダーやるくらいのルーディア値があれば、やりたい放題で、その代わりに何か大事な物を失ったんだろ」

確かにそうかもしれない、俺は幸か不幸かルーディア値が低く、そんな状況にならなかったから自分を見失わなかったけど、もし、あいつらと同じような状況だったらどうなってたか、分からないからな。


次の日、俺たちが次の試合の交渉をしていると、昨日の原西の言葉を表すように、チームドウルフという組織から、あからさまな嫌がらせが始まった。

「おっと、ごめんよ。あまりに汚いからゴミ捨て箱かと思ったわ」

知らない男がそう言いながら俺に飲み物をぶっかけてきた。睨《にら》みつけるとニタニタ笑いながら俺の試合の交渉相手にこう吹聴する。

「あんた、悪いこと言わないよ、こいつと試合なんてしない方がいいぜ。どうやらコイツ、イカサマ師らしいからよ。あんたにも変な噂《うわさ》が広まることになるぜ」

「なんだよ、お前ら、イカサマ師ってどういう意味だ」

「言葉のままだ、八百長試合で金を儲けてる奴のことだ」

「ふざけるな！　変な言いがかり付けるな！」

「まあ、吠《ほ》えてろよ、悪い奴ほどよく吠えるよな」

くっ……なんだよ、こいつら……。

「そ、そうだな、この試合はやめとくぜ。別の試合相手を探してくれ」

交渉していた相手はイカサマや八百長などの言葉にビビったのか、どこかへ去っていった。

「ハハハッ、残念だったな。頑張って八百長に協力してくれる相手を探すんだな」

「くっ、お前ら！」

「なんだ、暴力か？　おー怖い、怖い。イカサマ師は交渉がうまくいかなかったくらいで人を殴るんだな」

拳を握りしめて怒りに震えていると、俺をからかってた奴らの頭の上から生ゴミがぶちまけられた。悪臭を放っているようで、騒ぎ出す。

「なんだ、コレは！　くせー！　ちきしょう！　誰だよ、この野郎！」

生ゴミをぶちまけたのはジャンであった。

「おっと、ごめんよ、ゴミ捨て箱と間違えたわ」

「なんだとテメー！　ふざけんじゃあねえぞ！」

「おっ、なんだ、ゴロツキはゴミ捨て箱と間違われたくらいで暴力振るうのか？　おー怖い、怖い」

「ちっ……行くぞ」

そう捨て台詞を吐いてそいつらはどこかへ去っていった。

「たく、面倒くさいのに目をつけられたな」

「ありがとう、ジャン」

「いいけどよ、あいつら組織で動いてるから、これから大変だぞ」

「うん、どうするかな……」

「試合に持ち込んでぶっ倒すのが一番だけど、試合には乗ってこねえからな」

「う〜ん……あいつらに絶対的有利な条件で試合を申し込んでもダメかな？　例えば前の試合のハンデマッチのように三対一での試合とか」

「ほほう、確かにそれなら受けるかもしれねえな」

「よし、陰険な嫌がらせを続けられても困るからそれで話を持っていこう」

「だけどよ、そんなハンデマッチ申し込んで大丈夫か、聞いてるとお前の昔のツレ、相当な実力者みたいだぞ」

「あいつらが実力者だろうがなんだろうが関係ない！　あいつらの為にもここはガツンと一回、痛い目見せた方がいいんだよ」

「たいした自信だな〜。まあ、いい。チームドウルフのたまり場は調べてるからよ。今から行って喧嘩《けんか》売ってくるか」

「さすが商人！　ジャン、仕事が早いな」


チームドウルフのたまり場は、コロシアム近くの酒場で、見るからにガラの悪そうな連中が出入りしている場所であった。ちょっと危険な感じもするので、ナナミとファルマはホテルの部屋でお留守番である。

「おっ、イカサマ師が八百長の相談に来たぞ」

「来るところ間違ってんじゃねえか、ここには八百長に乗るような奴はどこにもいないぞ」

酒場は昼間から賑《にぎ》わっていて、俺とジャンが入ってきた時に投げかけられた言葉や反応を見ると、そのほとんどがチームドウルフの連中だということがわかる。

「よう、勇太、何しに来たんだ。俺を殴った詫《わ》びにでも来たか？」

山倉が近づいてきてそう言う。芝居と原西も、仲間をゾロゾロと従えて集まってきた。

「敵の拠点にノコノコやってくるとはいい度胸してるな。タダで帰れるとは思うなよ」

「そうだな、最低でも山倉への謝罪と慰謝料を置いていけよ」

勝手なことばかり言ってくる原西たちに、俺はハッキリとこう言い放った。

「俺は謝罪に来たわけでも昔話をしに来たわけでもない、今日は正式に試合の申し込みに来たんだ」

「へっ、だからテメーなんかと試合なんてしてやらねえって言ってんだよ」

「そうだ、そうだ、どうせ八百長試合だろ、そんな誘いに乗るかよ」

「掛け金は一億、しかもルールはそっちに圧倒的に有利な三対一のハンデマッチだ。さらにそっちが勝ったらさらに二千万のボーナス付き。どうする？　これで試合しないって言うなら、単に俺にビビっているだけじゃないのか」

その破格な提案に、チームドウルフの連中はざわめき立つ。

「ば……馬鹿じゃねえのか！　そんなにしてまで恥をかきたいのかよ」

「掛け金一億って……いくらなんでもそんな大金は……」

どうやら原西たちでは掛け金一億を用意できないみたいだ。そこに難色を示していた。だけどその問題は奥から出てきた男の一言で解決する。

「三人とも受けてやれよ。掛け金の一億はチームドウルフが用意してやる」

どうやらその男はチームドウルフのリーダーのようだ。

「しかし、リーダー……」

「なんだ、三対一で勝つ自信がないのか？」

「いえ、そうではないですが……」

「なら美味しい儲け話じゃないか。受けない理由はない」

「は……はい」

こうして原西たちは俺との試合を受けた。

「ふっ、昔のクラスメイトだから試合で無残に倒すのだけは勘弁してやろうと思ったが、そこまで痛い目にあいたいなら希望通りにしてやるよ。後で後悔するなよ、勇太！」

「試合では事故で死ぬこともあるんだぜ。そうならないことを願ってな！」

「三対一とはふざけた条件出しやがって、俺たちを舐めたこと後悔させてやるよ」

さて、なんとか試合には持ち込めた。後はこいつらを懲らしめて、世間の厳しさを教えるだけだ。


新鋭の剣闘士三人と、謎の新人である俺の対戦は、掛け金一億と高額なこともあり、試合前から注目されていた。コロシアムや周りの酒場では因縁と、昔の友人との闘いという噂が広まり、大きな盛り上がりを見せていた。

「あいつらのこと調べたけどよ、三人ともデビューから十連勝以上している注目剣闘士だそうだ。やはりかなりの実力者みたいだけど、勇太、勝算はあるのか」

ジャンが原西たちの情報を調べてきてくれたみたいでそう教えてくれる。負け知らずの十連勝か、その結果がアイツらの性格を歪《ゆが》めた理由の一つみたいだな。

「大丈夫だよ、どうしてか負ける気がしない」

どこから来るのか俺は勝つことに一切の疑いを持っていなかった。それは勝つ自信からくるものではなく、絶対に勝つという信念からくるものだと思う。

コロシアムは今まで感じたことがないくらいに大いに盛り上がっていた。試合時間も夜から開始とメイン扱いである。

「勇太、怪我しちゃダメだよ」

「そうだよ、負けてもいいけど危ないことしないで」

ナナミとファルマにそう言われ、元気が出てくる。俺はアルレオに乗り込むと、入場口へと歩みを進めた。

「さぁ！　本日一番の注目試合！　デビューから負け知らずの二桁勝利、チームドウルフの新鋭剣闘士、山倉伸介、原西裕司、芝居洋介《ようすけ》の三人！　機体はランザ、エダル、ミシェーとなります。対するはここ二試合で圧倒的勝利を収めている新人剣闘士、勇太！　機体はアルレオ！」

電光掲示板にオッズが表示される。『42／1.6』やはり今までの試合はマグレだと思われてるんだな。それとも原西たちの評価が高いのか……。

「おい、勇太！　死んでも文句言うなよ！」

「おい、山倉、元クラスメイトを殺すなんて物騒なこと言うなよ。こんな無謀な戦い、自殺みたいなもんだろ」

「ヒャハハっ、確かにそうだな。これは勇太の自殺だ、殺しても仕方ねえ」

うむ、人ってここまで言葉や態度が変化できるんだな。他人の振り見て我が振り直せだ。気をつけよ。

そして、いよいよ試合開始のブザーが鳴る。

「さぁ！　試合開始です！」

山倉の武器は棍棒のようなもので、芝居は長い槍、そして原西は両手剣だ。三人は完全に俺を舐めきっているようで、無防備に近づいてきた。

「ほら、勇太、避けてみろよ！」

そう言って山倉が棍棒で殴りかかってきた。確かにこれまでの二戦の相手よりは早いが、まだまだスローに感じる。俺は軽く避けた。

「ほう、あれを避けたぜ、コイツ！　生意気だな～」

「山倉、次は俺に攻撃させろよ。このロンギヌスの槍で串刺しにしてやるよ！」

そう芝居は言いながら、長い槍で攻撃してきた。リーチが長いのが利点のように思えるけど、距離をとるわけでもなく、接近戦で槍を使用している。俺はトンファーで槍の持ち手を思いっきり叩きへし折った。

「なああっ！　何すんだこの野郎！　この槍高いんだぞ！」

芝居は折れた槍を見つめて悲壮感を漂わせる。

「おら、勇太！　俺の剣を受けてみろよ！」

原西は大きな剣を振りかぶって、切りかかってきた。俺はその攻撃を避けると、原西の魔導機に軽く蹴りを入れた――原西は予想以上の勢いで後ろに吹っ飛んだ。

「コイツ、蹴りが得意みたいだぞ、気をつけろ！」

別にアルレオは蹴りに特化しているわけではないと思うが、今の蹴りを見てそう判断した山倉が他の二人にそう注意する。

槍を折られて怒っているのか、芝居が折れた槍で殴りかかってくる。その攻撃を少し体を捻って避けると、足を引っ掛けて転ばせてやった。激しく転がる芝居の魔導機を、山倉が慌てて支える。

「勇太のくせに、ルーディア値2のゴミのくせに！」

「お前ら、ちょっと油断しすぎじゃないのか」

静かにそう助言すると、奴らの口調がさらに荒くなり、怒りに火がついたのがわかった。

「や、山倉、芝居！　お前らは後ろに回り込め！」

やっと連携して攻撃するという知恵を使い始めたようだ。俺は次の攻撃に備えて注視した。

「これでもくらえ！」

芝居が折れた槍を投げつけてきた。それと同時に横から山倉が棍棒で殴りかかってくる。投げてきた槍はトンファーで払いのけ、棍棒の攻撃は横移動のステップで避ける。

「この瞬間を待っていたぜ！」

そう言って、横移動した瞬間を狙ったのか、原西が両手剣を水平に振って攻撃してきた。両手剣の攻撃をトンファーで思いっきり弾き返すと、原西は後ろに飛ばされ尻餅をついて倒れる。

なんともお粗末な連携だ。あまりにも手ごたえのない戦いに、なぜか段々腹が立ってきた。

「遊びはそれくらいにして本気でかかってこいよ！　俺はファルマの件で怒ってるんだからな！　三人とも性根を叩き直してやる！」

俺は凄んでそう言った。

「チッ……ルーディア値2がなに、生意気言ってんだ！　遊びは終わりにしてやるよ！　山倉、芝

居、本気で殺すぞ！　バカは死なないとわからねえようだからな！」

　三人は少し距離を取って、俺を取り囲むように移動する。

「芝居、勇太の足を止めろ！」

　原西の言葉に従い、芝居が俺に飛びついてきた。アルレオの胴体にしがみつき俺の動きを封じようとする。

「死ねよ、勇太！」

　右から山倉が棍棒を振り回して攻撃してくる。左からは原西が両手剣を大きく振りかぶって攻撃してきた。左右からの同時攻撃に対して、俺はあえて装備しているトンファーを使わず、手で受け止めた。

「なっ、なんだと!!」

「う……嘘だろ！」

　狙い通り、原西たちは圧倒的な力量の差に驚いて動揺している。俺はアルレオの拳に力をこめて、そのまま山倉の棍棒と、原西の両手剣を握り潰した。

「なっ！　テクタイト製の武器を片手に握り潰すだと！」

「ありえねえ！」

　俺は動体にしがみついている芝居を掴むと持ち上げた――そして上空高く放り投げる。かなりの高さまで飛んで落下してくる。

　ドガッ！　と大きな音を響かせて落ちると、ブシュブシュといたるところから煙を出して動きを停止させた。

「芝居！　くそ！」

そう言って山倉がヤケクソ気味に体当たりしてきた。俺はトンファーで山倉の胴体をぶん殴った。胴体が原形がわからないくらいに変形する。そしてそのまま後ろに吹き飛ばされるように倒れた。

最後に残った原西は完全にビビったのか、俺と距離を取って後退《あとずさ》りする。

「嘘だ！　ルーディア値2がこんなことできるわけねえ！　なんだよ……お前なんなんだよ！　俺たちを騙したんだな！　どうするんだよ！　この試合に負けたら俺たちはどうなるかわかってんのかよ！　終わりだ！　全部終わっちまう！」

「知るかよ！　自業自得だろ！」

「くそっ！　うわぁぁ～～！」

そう言って突っ込んできた。俺はトンファーで原西の顔面を思いっきりぶっ叩いてやった。

スパーンっと綺麗な音がして頭部が吹き飛んでいく。原西の機体はユラユラと力なく歩いて、その場に崩れ落ちた。

一瞬の静寂の後、溢れるように歓声が巻き起こった。そして勝負を決定する宣言が行われる。

「勝負あり！　勝者、アルレオ、勇太！」

鳴《な》り止《や》まない大きな歓声を俺は黙って聞いていた――他のクラスの連中もこんなふうになってるのかな……そんな心配が頭から離れなかった。

試合が終わり、控え倉庫へ戻ってくると、原西たちが破壊された魔導機から引きずり出されていた。引きずり出している連中はどうやらチームドウルフの連中のようだ。今回の試合の掛け金はリーダーが立て替えているはずなので、負けたことでなにかしらの制裁を受けるようだ。しかし、ルーディア値の高い原西たちなので、命までは取られないだろう。少しは厳しい状況に追い込まれて改心してほしいものである。

◇

右に二体、左に三体、私はエルヴァラとシンクロして、周囲の気配を探った。不意に大きな気配を後ろから感じる。最小限の動きをイメージする。体を捻るようにして後ろからの攻撃を避けると、同時に右手のレイピアで後ろからの襲撃者を攻撃する。その攻撃は足の関節部分を的確に狙い、一撃でその機体を行動不能にした。

大きく跳躍する。右の二体の後方に着地すると、背中のコア駆動部分を順番に貫き、行動不能にする。そして走って残りの三体に向かった。

三体とは剣で応戦しようとした。まずは正面の一体の顔面を素早く突いて破壊する。剣で攻撃してきた左の機体を摑み、もう一体へ投げつける。

ぶつけられて、あたふたしている二体に向かい、レイピアの連撃を繰り出した。五秒ほどの連続攻撃だったが、二体のボディーは穴だらけになり動かなくなる。

そこで通信石からユウトさんの声がかかった。

「結衣、そこまでだ」

一ヶ月の訓練の成果を見せる模擬戦。そこで私は誰もが納得する成果を出した。

「よくぞ一月でこれほどの力を身につけました」

軍務大臣のイーオがその成果を見てそう声をかけてくる。

「いえ、私は何も……全て教授してくれたユウトさんのおかげです」

そう答えたのだが、名を出した本人がそれを否定する。

「いや、結衣の才能だな。これほどまでに早く成長するとは僕も思ってなかったよ」

ただ持ち上げているだけだとは思うけど、彼が言うことに誰も否定することはない、その場にいた軍部のお偉いさんたちも手放しで称賛する。

「それでは、次は実戦経験の機会を作らせてもらいますか」

「ですな、ジムリア戦線にでも参加してもらいますかな」

どんどん話は進んで、私の初陣が決まりそうであった。

「それよりイーオさん、頼んでいた例の件はどうなりましたか」

それは勇太くんの救出の話だった。期待して聞いたのだけど、結果は私をがっかりさせるものだった。

「対象の者ですが、買い取った奴隷商人は特定して、買い戻す為に交渉したのですが、どうやら逃亡されたようです。それを隠して我々と交渉した奴隷商人には死という制裁で償わせました」

「そんな……」

「しかし、ご安心を。我が国の諜報《ちょうほう》機関が最重要案件として動いております、そう遠くない日に、朗報をお伝えできると思います」

「お願いします、彼が心配で……」

「はい、全力をもちまして」


その日の夜――軍の主催でパーティーが行われた。それは私の成長を祝うもので、エリシア帝国の上位ライダーが勢揃いしていた。

「君が結衣か。素晴らしい才能を持ってるとユウトから聞いている」

「結衣様、こちらはクアドラブルハイランダーのエメシス様です」

イーオさんがそう紹介してくれる。

「結衣です。よろしくお願いします」

「そう硬くならずともよい。今日は君が主役なんだからな。そうだ、最高の酒を用意させよう。ブルトゥーナの六十年物だ。一緒に飲もうではないか」

「あの、私、お酒は……」

「そうか、ならば果実水でも持ってこさせよう」

エメシスさんとそんなやりとりをしていると、赤髪の綺麗な女性が近づいてきた。

「エメシス、今日の主役を独り占めとはよくないですわね」

「結衣様、クアドラブルハイランダーのロゼッタ様です」

イーオが素早く女性を紹介する。

「よろしくね、結衣」

「よろしくお願いします」

「ロゼッタ、君はルガナンとの戦いに出てたんじゃないのか」

エメシスがロゼッタにそう話しかける。

「あら、聞いてないの？　ルガナンは三日前に陥落したわよ」

「それは、それは……仕事の早い……」

「すでにこちらが優勢だったから、私が行くこともなかったのよ」

「なるほど、アムノ皇子の点数稼ぎかな」

「それは否定しないわ。ルガナン陥落の功績でアムノ皇子の後継者としての地位は上昇したと思う」

二人のクアドラブルハイランダーが私のわからない会話をしていると、師であるユウトがやってきて二人に注意した。

「主役の彼女を置いてけぼりにして、大人の会話とはあまり褒められた行為ではないな」

「おっと、確かに……結衣、失礼した」

「そうね、今はこんな話をするべきじゃなかったわ」

素直に謝罪してくれるこの二人が、悪い人間ではないように思えた。

◇

豪華なホテルの客室。俺とナナミ、それとファルマは、奮発して最上級のホテルに宿泊していた。原西たちとの試合でもかなり儲けて、もう十分すぎるほど稼いだのでご褒美である。

「ほら、ファルマ、ふかふかだよ」

「すご～い、ナナミ、どっちが高く飛べるか競争しようよ」

「うん、負けないよ」

ナナミとファルマはベッドを遊び道具に楽しそうに遊んでいる。しかし、俺とジャンは真剣に話をしていた。

「そろそろ潮時だな、お前はもう、剣闘士では稼げなくなる」

「え、そうなのか？」

「強すぎるんだよ、あれじゃ誰も試合をしてくれやしない」

そうか、やっぱりやりすぎたんだな。

「しかし、もう二億以上は稼いだんだろ。それで魔導機を購入しよう」

「できれば魔導機を二機とライドキャリアを購入したいんだけど……買えるかな？」

ファルマ用の機体も手に入れ、やはり移動用にライドキャリアも購入したいと考えていた。

「一つはハイランダー用の機体だろ。もう一つはどれくらいの性能のが欲しいんだ」

「ちょっと俺は詳しくないからわからないんだけど、ルーディア値7800に見合う機体が欲しい」

「ハーフレーダーかよ。それもかなり高価な買い物になるぞ。ハーフレーダーの機体は需要が高いから相場が高いんだよ」

そうなんだ、単純にハイランダー用の半額くらいで考えてたよ。

「そうなると二億くらいじゃ足らなくなるな」

「なんとかもう一試合できないかな」

俺がそう言うと、ジャンが一人だけ試合を受けてくれそうな人物をあげた。

「一人だけ、今のお前との試合を受けてくれそうな奴がいるにはいるけどな。しかし、その人物との試合はお勧めしない」

「誰だ、やれるなら俺はやるぞ」

「剣闘士の王だ。最強の剣闘士と呼ばれている。百二十戦無敗——ダブルハイランダーの絶対王者だ」

「ダブルハイランダー?」

「ルーディア値23000の化け物だ、いくら勇太が強くても相手が悪い」

23000なら32000のナナミの方が上だな。だったらなんとかなるんじゃないかな。

「よし、その王者と試合する! それが剣闘士としての最後の試合だ!」

「本気で言ってるのか! 相手はダブルハイランダーだぞ!」

「関係ない、俺は勝つ!」

「なら止めはしないが、掛け金はいくらにするんだ」

「二億でいいんじゃないか」

「お前、本当に馬鹿だな」

こうして、俺は最強の剣闘士と試合の交渉を行うことになった。


その日はナナミとファルマと三人で並んで寝ることになった。広い部屋に、いくつもベッドがあるのに、俺たちは一つのベッドで密着して横になった。

「ファルマのお父さんの仇を討ったら、どこかに家を買って、三人で暮らそうよ」

ナナミがそう将来の展望を話し始めた。

「うん、私も三人で暮らしたい」

ファルマもそれに同意した。

「そうだな、それはいいかもな」

俺は本当にそうなればいいと思ってた。

「勇太、また試合するんでしょう」

ナナミが少し悲しい感じでそう言ってきた。

「ああ、剣闘士として最後の試合だ」

「無理しないでよね」

「俺は無理なんてしたことないぞ」

「そうだよ、勇太が怪我とかしたら意味ないんだから」

ファルマもそう言ってくれる。二人とも何か不吉な予感がしているのだろうか。次の相手がかなりの強敵だと直感的に感じているのかもしれないな。


次の日、俺たちは試合を申し込みに剣闘士の王を訪ねていた。コロシアムのＶＩＰルーム、そこに最後の試合の相手がいた。

「あら、私に試合を申し込みに来るなんて、どこの無謀なオヤジかと思ったけど可愛い坊やじゃない」

こちらも剣闘士の王だと言うので、厳《いか》ついおじさんを想像していたんだけど。そこいたのは赤いショートヘアの綺麗なお姉さんだった。

「それで試合の条件は？」

「掛け金は二億でどうだ」

ジャンがそう提示する。

「二億。私、お金には興味ないのよね——そうだ、二億プラス、試合に負けた方は勝った方の所有物になるってのはどう？　ちょっとあんた、可愛いからペットに欲しいのよね」

「ふざけるな、そんな条件飲めるかよ」

ジャンはすぐに拒否した。

「あらそう、なら、この試合受ける気はないわよ」

そう言われて、俺は迷わずこう発言した。

「その条件でいいです。試合しましょう」

「あら、可愛いうえに度胸もあるのね。本気で気に入ったわ」

「おい、負けたら相手の所有物になっちまうんだぞ。やめとけ、条件が悪すぎる」

「大丈夫、俺は勝つから」

「どこからくるんだよその自信は……」

「坊や、私はアリュナよ。よろしくね」

「俺は坊やじゃない。勇太だ！」

「ふふっ――そう、勇太。早くあなたを私の物にしたいわ」

背中にゾクっと悪寒が走る。負けたら何されるんだろ。この時、初めて恐怖を感じた。


アリュナとの試合はこれまでの試合とは桁違いの注目度であった。剣闘士最強の久しぶりの試合と聞いて、コロシアムには多数のファンが駆けつけた。

「凄い人だな」

ジャンがコロシアムに入りきらずに外に溢れる群衆を見て感想を述べた。

「人がどれだけ見てても関係ないよ。俺は全力で戦うだけだ」

「試合のオッズも凄いことになってるようだぞ、『67／1.1』なんて前代未聞だとよ」

「俺に賭けてる奴なんていないんじゃないか」

「いや、ここに一人いる」

「なんだよ、また俺に賭けてんのかジャン」

「ジャン一人じゃないよ。私とファルマも勇太に賭けたよ」

「まあ、三人を儲けさせる為にも勝たないとな」

「ふん、今回も十万しか賭けてないから負けても怒らない。全力で玉砕してこい！」

「いや、負けたらアリュナの所有物になっちゃうんだって」

「あっ、そうだったな。まあ、自分が可愛いなら勝ってこい」

「勇太、頑張って！」

「気をつけてね、勇太」

おそらくほとんどの客がアリュナを応援するだろうけど、俺にも心強い仲間がここにいる。さて、勝って儲けてくるかな。


注目試合に出場するとあって、入場もいつもより派手なものになった。ファンファーレが鳴り響き、楽隊が演奏をしてくれる。

「さて、お待たせしました！　本日、いや、今年最高の注目試合。あの剣闘士最強のアリュナがこのコロシアムに帰ってきました！　あまりの強さに対戦相手がいなくなり、剣闘士顧問として長らく運営側にいた女王が、今、新たな挑戦者を迎え撃ちます！　対するはハンデマッチの対戦を連勝するなどノリに乗っている新人剣闘士の勇太！　アリュナ相手に、何分持つかと話題になっております！　ちなみにアリュナのこれまでの最長試合は2分32秒です、これを超えることができるか！」

どうやら勝ち負けより、俺がどれくらいの時間戦えるかが話題の論点になってるようだ。

会場がざわめき始めた。アリュナの登場を予感したようだ。俺の時より派手なファンファーレが鳴り響く。楽隊の演奏もさらに盛り上がりのあるものになり、アリュナが乗る魔導機が姿を現した。

真っ赤な機体、スリムで無駄のないフォルム、武器は両手に小型の剣を持っていた。双剣と言うヤツだろうか。

今までにない威圧感、俺は直感で感じた。これまで戦った中では、間違いなく一番強い相手だと。

「坊や、覚悟はいいかい」

「坊やじゃない！　勇太だ」

「そうだったね、勇太」

試合開始のブザーが鳴り響く。

「さぁ！　試合開始です！」


ダッ――という音が聞こえた瞬間、目の前にはすでに赤い機体が接近していた。

「は……早い！」

アリュナは両手の剣で、俺に素早く攻撃を繰り出す。慌ててトンファーでそれを防いだ……バシバシとトンファーと剣がぶつかり火花が散る。

アリュナは五回ほど攻撃を繰り出すと右に移動した。その隙を見て俺は一旦後ろに下がった……

だが、それを見たアリュナは一歩踏み込むと、俺との距離をまた詰めてくる。さらにさっきと同じように剣で攻撃を繰り出してきた。

なんとかその攻撃もトンファーで防ぐ。

くそ、攻撃が早くてこちらから攻撃を出す余裕がない。なんとかできないかな……。

「どうした、勇太、攻撃してこないのかい」

できたらしてるって……。

しかし、そこで俺は思いつく、アリュナの機体はスピードに特化しているように見える……もしかしたらパワーはあまりないのかもしれないな、なんとか力比べに持っていければ……。

アリュナはまるで踊るように両手の剣で連続攻撃を繰り出してくる、素早く、変則的な動きに隙を見つけることができない。

少し攻撃を受けてもいいから突っ込むか。そう考え、強引に前に出ると、トンファーで思いっきり叩こうとした。アリュナはその攻撃をサッと避けると、右の剣でアルレオの首元を突いてきた。

カキッーン！　金属がぶつかる音が響いて、アリュナの剣が弾き返される。

「なぁ！　嘘でしょ……」

それにはアリュナも驚いたようで、一瞬動きが止まった。俺は左手のトンファーを回転させてアリュナのボディーをぶっ叩いた。

アリュナは体を捻り、直撃を避ける。だが攻撃は相手のボディーをかすめ、ガキッと妙な音立ててボディーの一部を削り落とした。

「やるじゃない勇太、私のベルシーアに傷をつけたのはあなたが初めてだよ！」

「傷をつけるだけじゃない！　初めて勝利する！」

「面白い、やってごらん！　それができたら私はあなたの物だよ！」

そこで会場が大歓声に包まれる。見ると電光掲示板の時間経過が三分を超えていた。


アリュナの剣を弾き返したことで、俺の心に余裕ができていた。敵の攻撃は俺のアルレオに通用しない、そう思っていた。

トンファーで強引に攻撃すると、アリュナはそれを軽やかに避けた。大振りの攻撃だったこともあり、大きな隙になってしまった。その隙に、アリュナは攻撃態勢に入る。だけどなかなか攻撃が繰り出されない。その代わり妙な音が聞こえてきた。無数の鋭い風が吹き荒れるような高い音、そしてそれは爆発音へと変化した。

ドガッ！

凄い衝撃に機体が揺れる。見るとアルレオの肩の部品が吹き飛んでいた。

「なんだって！」

驚く俺にアリュナがこう言ってきた。

「なんだい、ルーディア集中も知らないのかい？　それでよく私と戦えるね」

ルーディア集中、なんだよそれは……。

「ルーディア値は感情や集中具合でその値は常に変化してるんだよ。意識を集中してルーディア値をコントロールして最大値まで持ってくる、それがルーディア集中だよ」

アリュナは親切にそう教えてくれた。

「さて、講義はおしまいだよ。そろそろ終わりにしようか」

ルーディアが増大したアリュナの動きは劇的に変化していた。さらに早く、さらに力強く……。

アリュナの双剣がもの凄いスピードで襲いかかる。トンファーで防ごうとするが、防ぎきれない攻撃がアルレオにヒットする。腕の部品が吹き飛び、ボディーが切り裂かれ、顔の一部が吹き飛ばされる。

ダメだ！　このままではやられる。どうすればいいんだ！

そこでふと思う。俺もルーディアを集中すればいいんじゃないか……でもやり方もわからない。できるのか？　いや、やるしかない！

俺は目を瞑《つぶ》った。そして意識を集中する。何度か渚に付き合ってお寺で座禅を組んだことがある、あの時の感覚、心を無にする。何も考えないで、意識を集中していく……。

やがて暗闇の中に光る白い点が見えてきた。それは集中すればするほど大きくなっていく……そして光の点は大きな光の円へと変化していた。円をさらに大きくイメージする。やがてその光の円は視界一杯に広がり、何かが見えた！

「何ボーっとしてるんだい。遠慮なくとどめを刺すよ！」

不思議だ。目を閉じてるのにアリュナの攻撃が見えた！　しかし、俺はその攻撃を避けなかった。避ける必要がないことを感じたのだ。

ガコーン!!

攻撃して吹き飛んだのはアリュナのベルシーアの方だった。

「ど……どういうこと！　今の最大出力の攻撃だよ！　ベルシーアの最大出力250万の攻撃ならダブルハイランダー専用魔導機でもバラバラにする威力なのに！　それに勇太の機体のあのオーラは！」

俺のアルレオは青白いオーラに包まれていた。シューシューと何かの音が響いている。変な感覚だ。アルレオと同化したような感じ……今なら自分の体のように動かせるような気がした。

アリュナはすぐに立ち上がり、双剣で攻撃を繰り出してきた。

「何が起こったかわからないけど、勝つのは私だよ！　勇太！」

アリュナの攻撃がスローに見える。俺は軽く体を捻ってそれを避けた。そして一瞬の隙を突いて、トンファーをベルシーアのボディーに叩き込んだ！

ドゴッと鈍い音がして、ベルシーアのボディーがへこみ、そのまま膝をついて崩れ倒れた……そしてプシュプシュと煙を出して動かなくなった。

「しょ……勝者！　アルレオ！　勇太！」

会場は一瞬静まり返った。数秒の沈黙の後、大きな歓声が起きる。

うおぉぉぉぉ――――…………！

勝った……ギリギリだったな……。

俺はすぐに倒れたベルシーアに近づいた。

「アリュナ、大丈夫か！」

コックピット近くが大きく凹《へこ》んだので心配になり、そう声をかけた。ギギッ――と妙な音を響かせて、ベルシーアのハッチが開かれる。そしてアリュナが無事な姿で現れた。

「勇太！　ハッチを開けな！」

そう叫んでいる。うわ……俺が勝っちゃって怒ってるのかな？　でも、無視しても後が怖そうだし、俺はアリュナの言うとおりにハッチを開いた。するとトントンとコックピットまで上がってきて、俺に抱きついてきた。

「勇太～マジ惚《ほ》れちまったよ。もう私はあんたのもんだからね。好きにしていいんだよ！」

「ええ！　いや、それなんだけど、所有物になるって話はなしでも……」

「何言ってるんだい！　そんなのダメに決まってるだろ！　勝負は勝負！　賭けは賭け！　負けた方がやっぱりその条件なしって言うのがダメなように、勝者もその条件はなしって言うのはダメだよ！」

なんだろ、納得できるようなできないような話だな……さて、どうしたもんか……。

四章 傭兵団

アリュナとの戦いが終わり、俺たちは飯を食べにレストランへとやってきていた。勝利の祝いなのだが、なぜかそこには敗者の姿もあった。

「ほら～勇太～あ～んして～♡」

敗者は、べったりと俺にくっついて離れようとしなかった。

「ちょ……ちょっとお姉さん！　勇太が困ってるでしょ！」

そう言ったのはいつもの大人しい感じと少し雰囲気が違うナナミだった。

「あら、まあ、おませさん、妬《や》いてるのね、あなた。でもね、私は勇太の所有物なの！　そばにいてイチャイチャしてもいい存在なのよ！」

どういう理屈だよ。

「……くっ……勇太！　私も勇太の所有物になる！」

おいおい……何を言い出すんだナナミ……。

「わ……私も！」

なぜかファルマもそう言い出した。

「ちょっと待てよ。とりあえずアリュナ、そんなにくっつかれたら食べにくいから離れて」

そう言うと、意外に素直に従う。

「それでよう、お前さん本当に勇太の所有物になる気か？　勇太は別にならなくていいって言ってるぜ」

ジャンがそう聞くと、アリュナは堂々とこう答えた。

「もちろんなるわよ、私は勇太から離れないわ。いつまでも一緒ですよ、ご主人様♪」

うっ……頭が痛い……。

「だったら剣闘士はどうするんだ。こいつらはお金も稼いだし、もう剣闘士は辞めるつもりだぞ」

「私も辞めるわ。どうせ対戦相手もいないし、顧問としてやってきたけど面白くなかったからね。丁度いいから引退よ」

「たく……まあ、いいけどな。ダブルハイランダーがいれば次の商売にも役に立つだろうし」

今、しれっと、ジャンが変なことを言ったんだけど……次の商売ってなんなんだ？　それになんだ、この違和感は……ちょっと黙っていられなくなり、ジャンに聞いた。

「ジャン、次の商売ってなんだよ？」

「あれ、言ってなかったか、傭兵団を作るんだよ」

「……ちょっと待て！　聞いてないし、魔導機の購入が終わったらジャンとはお別れじゃないのか」

「おいおい、ここまで一緒にやってきた仲間だろ。用が済んだらポイはつれないんじゃねえか」

「いや、そうだけど……」

「それによく考えてみろよ、そこの嬢ちゃんたちにダブルハイランダーの剣闘士、それにそれを倒した勇太、最強の面子《メンツ》じゃねえか。これで傭兵団作らなきゃどうすんだよ」

「う……なんだかな、別にもうお金を儲ける必要もないんだけど……」

「どうしてだ？　そういえばお前たちの最終的な目的を聞いてなかったな」

「ルダワンをぶっ倒すんだ」

「ルダワン王国か？　おいおい、いくら強くても一国と戦争する気かよ……だったら尚更《なおさら》金が必要だな」

「え！　そうなのか？」

「当たり前だ、物資がなかったら戦争にもなりゃしないぞ」

「だけど……」

その会話を聞いていたアリュナも話に入ってくる。

「勇太、流石にそれはその男の言うとおりだよ。強いだけでは国と喧嘩はできないよ」

そんなもんなんだ。バンバン倒して国の偉いさんに謝罪させようかと思ってたけど……どうやらそれは甘い考えのようだ。

「傭兵団って何するんだ」

「簡単に言えば戦争だ。国に雇われて敵と戦うんだよ」

「……やっぱりダメだ。そんな危険なことにナナミたちを参加させるわけにはいかない！」

「まあ、確かにそうだな。じゃあ、最初はお前とアリュナの二人で頑張ればいい。仲間はこれから増やせば問題ないだろ」

「う……まあ、それならいいけど……」

なんともジャンには口では勝てないようで、うまく言いくるめられそうだ。

「やだ！　勇太が戦うならナナミも戦うよ！」

「私も。私も戦います！」

なんとなく二人がそう言うような気がしてた。

「ナナミ、ファルマ、戦争なんだぞ！　絶対に危ないって……」

「だけど、ルダワンとは戦うつもりだったんだよ。ルダワンだって国でしょ、何が違うの？」

「そうだよ勇太、私たちも戦える」

ちょっと待てよ、これもジャンの作戦のような気がしてきたぞ……二人がこう言い出すのを見越して……本当、油断ならない奴だな。

「わかった、二人とも、一緒に戦おう。だけど無理はダメだぞ。危なくなったら逃げるんだからな」

そう言うと、二人は元気よく頷いた。てか、傭兵団やるのは決まりなんだな。


「ライドキャリアと魔導機を二体ね……ライドキャリアは私が持っているから買わなくてもいいわよ」

購入予定の対象の話をすると、アリュナがそう言ってくれる。

「いいのか、高いんだろライドキャリアって」

「何言ってるのよ、私は勇太のモノなんだから。だったら私のモノは勇太のモノでしょ」

どういう理屈かはちょっと理解に苦しむけど、まあ、タダで手に入るならそれに越したことはない。

「あとね、勇太、一人、紹介したいのがいるんだけど」

「え、誰？」

「ライザ、こっちに来なさい」

そう声をかけると、ボーイッシュな女の子が駆けてきた。

「この子も仲間になりたいんだって。私のベルシーアの整備をずっとやってくれてたメカニックで、魔導機整備の天才よ」

「そうか、魔導機を整備してくれるのは助かるな。よろしくなライザ」

そう声をかけるが、ライザはむすっと怒ったような顔で俺を睨んでいた。

「……え〜と……なんかしたかな、俺」

「……お前……嫌い！　アリュナ様を誘惑するな！」

「ええ！　いや、そんなこと言われても……」

「こら、ライザ、違うって言ってるでしょ。私は誘惑されたんじゃないのよ。負けて、勇太の所有物になったんだから」

「どうしてお前が勝つのよ！　それに勝ったからって女を所有物にするなんて下品！　アリュナ様を返してよ！」

どうやらこの子、仲間になりたいと言うより、アリュナと一緒にいたいだけみたいだな。

「そんなこと言われてもな……」

文句を言うならそのアリュナ様にしてほしいんだけど。

「ライザ、これはもう決まったことなのよ。それが嫌なら他に行きなさい」

冷たいアリュナの言葉にライザは、口をつぼめてなんとも言えない表情をすると、黙って作業へと戻った。その悲しい表情を見ると、なんだか可哀想に思えた。

「それより、勇太、魔導機はどんなスペックのやつが欲しいんだい」

どうやらアリュナに魔導機販売の伝《つて》があるようで、そう聞いてきた。

「ハイランダー用の機体が欲しいんだってよ」

俺の代わりにジャンが答える。

「そうか、だけど今乗っているアルレオじゃ不足なのか？」

「いや、俺の機体じゃないんだよ。ナナミとファルマに魔導機を買いたいんだ」

「ちょっと待ちな、そこの嬢ちゃん、ハイランダーなのかい」

「まあ……」

「驚いた、そりゃぜひとも戦った方がいいね。それで正確なルーディア値は幾つなんだい」

そう聞かれてちょっと言うのを躊躇した。ナナミのルーディア値は国が動くレベルらしいから
な……でも、アリュナとジャンはもう仲間だからいいか。

「ナナミは３２０００、ファルマは７８００だよ」

「なっ！　ナナミはトリプルハイランダーなのか！」

ジャンが驚いて大声でそう叫んだ。俺たちがいるのはアリュナのプライベート倉庫なので部外者
には聞かれなかったろうけど……。

「凄いわね、傭兵団では私が二番手だと思ったけど」

アリュナもその数値に驚いている。

「じゃ、ハイランダー用じゃなくて、トリプルハイランダー用かダブルハイランダー用の魔導機を買った方がいいな」

「そうね、あまりにも需要が少ないから値段もハイランダー用とあまり変わらないし」

ジャンの提案に、アリュナも同意する。二人が言うなら間違いないと、俺もそれを了承した。


最上位クラスの魔導機はそこらの商人では取り扱ってないということで、アリュナの伝で国家を相手に商売している大商人の元へと足を運んだ。

「わ……ジャルマだ！　エプシスもある！　凄いな……本でしか見ないような魔導機ばっかりだ」

魔導機マニアのファルマが目を輝かして並んでいる魔導機を見ていた。

「これは、これは、アリュナさん、今日はどうしたんですか。もしかしてベルシーアから乗り換えで？」

小太りの見るからに商人ですといった感じのおじさんが近づいてきて、アリュナにそう話しかけた。

「いや、今日は仲間の魔導機を購入しに来たんだ。お薦めのトリプルハイランダー用の機体と、ハーフレーダー用の機体を見せてくれるか」

「ト……トリプルハイランダーですか！　それはまた大きな話で……わかりました。丁度、最高の機体がございます！　本当はエリシア帝国あたりに売りつけようと思ってたのですが……他ならぬアリュナさんですから特別価格で提供いたしますよ」

そう言って奥へと連れていかれる。そこにあったのは金色に輝く美しい魔導機であった。

「魔導機ヴァジュラ。起動ルーディア値３００００、最大出力３２０万、装甲ＳＳランク、機動力Ｓランクと、性能は文句なしの機体です」

「確かにそうだね。それでいくらなんだ」

「五億と言いたいんですが……他ならぬアリュナさんですから、四億でお売りしますよ」

「どうする、勇太、いい機体なのは間違いないけど」

「そうだな、ナナミ、こいつ好きか？」

やっぱり乗る本人が気に入らないと始まらない。ナナミに決断してもらおうと思った。

「金色に輝く綺麗な姿。昔、金は幸せの色だってお父さんが言ってた。ナナミ、これがいい！」

「そうか、じゃあ、買おう」

そう俺が判断したところで、ジャンが話に入ってきた。

「待て、待て、待て！　買うのはいい！　良い機体そうだし、ナナミも気に入った、それはいいだろ。だがな、商人の提示した最初の金額を受け入れてんじゃねえよ！　四億だ〜？　バカ言ってんじゃねえよ。値切るに決まってるじゃねえか！」

まあ、確かにジャンからすると交渉もしない買い物なんてありえないのだろう。ジャンは商人と交渉を始めた。それは1時間にも及ぶ大攻防へと発展した。

ジャンはやはり凄い。結局、四億の値段が二億五千万まで下がった。

「なかなかやりますな。どうですかね、私のところで働きませんか」

大商人はジャンにそう提案した。だけど、彼は笑ってそれを断っていた。

「どうして断ったんだ。俺と一緒にいるよりも才能を発揮できそうだけど……」

「何言ってんだ、そんなの決まってるだろ」

「どう決まってるんだ？」

「お前といる方が儲かりそうなんだよ」

そう言いながら肩をポンと叩かれた。俺と一緒だと儲かりそう……その真意はいまいちわからなかったけど、どうやら何かしらの計算が働いてるようだ。

「ハーフレーダー用の機体だけど、これなんかどうだい。特殊な機体だけど、使いこなせばかなり強いよ」

そう言って紹介してくれたのは小型の青い機体だった。

「特殊な……それはどのような？」

「魔導機ガルーダ。起動ルーディア値６２００、最大出力10万、装甲Cランク、機動力Aランク、ハーフレーダー専用機としても優秀な機体ですが、一番の売りは空を飛べることなんですよ」

「飛べるのかこいつ！」

飛行できる魔導機は珍しいようで、アリュナもジャンも驚いてる。

「飛べるって言ってもフワフワ浮く程度なんですけどね。武器をアローとかにすれば、空から一方的に攻撃できたりして強力なんです」

アローって多分、弓矢だよな、確かにそれは強そうだ。

「それで、いくらなんだ？」

「ふぅ……またあなたと遣《や》り合《あ》うのは勘弁してほしいですね。ですので底値を言いますので、それで納得いかなければ諦めてください」

商人の提示した金額は一億であった。ナナミの機体が安く買えたので問題ない金額だ。後はファルマがどう思うかだけど……。

「空を飛べるなんて凄いです。私、この子に乗りたい」

どうやらファルマは気に入ってくれたようだ。しかし、ジャンは値切りを諦めたわけではないようで……。

「旦那、確かに俺もあんたと遣り合うのはもう勘弁してほしいので金額は一億でいいんだが……オマケを付けてくれねえか？」

「オマケですか……」

「そうよな、例えばさっきあんたが言ったように、こいつにはアローが似合うんだよな……」

「なるほど、わかりました。それでは最新のアローを付けましょう」

どちらも疲れてるのか、さっきと違って商談は早々にまとまった。

「どうだ二人とも、乗り心地は〜」

購入した魔導機に乗り込んだナナミとファルマにそう声をかける。二機とも初めての操縦にどこかぎこちないけど、なんとか動いてはいた。

「うわ、勇太！　ナナミ、魔導機に乗ってるよ！　動いてる！」

「よし、ナナミ、ゆっくり動かせよ。あまり無理するな～」

「二人ともセンスがいいね。最初は歩くのも難しいはずなんだけどね」

そうなんだ……俺は最初からいきなり戦闘だったからな……無我夢中で動かしたから、うまく動かせていたのかもよく覚えてない。

「これ、空ってどうやって飛ぶの？」

「いや、待てファルマ、操作に慣れる前からそんな危ないことしちゃダメだ！　てっ！　浮き始めたぞ！」

見るとファルマのガルーダ、背中のファンのようなものがブンブン回り始めて、ゆっくりと浮遊し始めた。

「きゃっ！　どうしよう、勇太！　浮いちゃってる！」

「ファルマ！　とりあえず下へ降りるようにイメージしろ！　まだ飛んじゃダメだ！」

俺の言葉を聞いてか、ガルーダはゆっくりと下へ降りてきた。

「ちょっと戦闘に出す前に特訓だね」

アリュナが二人の動きを見てボソッと呟《つぶや》くようにそう言った。

購入して持ち帰る為に、アリュナのライドキャリアでここまでやってきていたので、そこにヴァジュラとガルーダの二機を積み込む。ちなみにアリュナのライドキャリアは大型で、六機まで魔導機を搭載可能であった。なので、俺のアルレオとアリュナのベルシーアもすでに積み込み済みである。

　さらにこのライドキャリアには12ＬＤＫの居住スペースと風呂もあり、ここを生活拠点にしても問題なさそうであった。

「それにしてもジャンってルーディア値、意外に高かったんだな」

「高いっていったって１５００だ。お前たちと比べたらないみたいなもんだろ」

　実は今このライドキャリアを操縦してるのはジャンだった。ライドキャリアの起動ルーディア値は１０００だったので彼が操縦を買って出てくれた。

「早速だが、明日物資を積み込んだらカークスに向かうぞ」

　ライドキャリアを片手間で操縦しながらジャンがいきなり話を振ってきた。

「なんだよ、ジャン、そのカークスって」

「カークス共和国。今、チラキア帝国と絶賛戦争中の国だよ。傭兵団として最初に売り込むにはうってつけの相手だね」

　アリュナがジャンの代わりにそう答えてくれた。

「そうだ、カークスはティアタイト鉱山をいくつか持っていて、金を持ってるからな。しかも今はチラキアにかなり押されて劣勢らしい」

　うむ、確かに優勢の方に売り込んでも高くは買ってくれないだろうけど……負けてる相手に味方するのって危なくないかな。俺はそう危惧していた。

◆

簡単な昼食をユキハたちと城の屋上で食べていると、ラネルが勇太の件を話してきた。

「ごめん、渚。さっき報告があって、あなたの探してる奴隷になった友達なんだけど……」

「勇太がどうかしたの！　もしかして見つかったの！」

「違うの、彼を購入した商人は見つけたんだけど何者かに殺されたみたいで……しかもその奴隷の彼はどこかにいなくなって行方知れずになってるそうよ」

「そんな！　勇太……」

「でも死んだって報告じゃないし、逃げたってことはもう奴隷じゃない可能性もあるし、そんなに落ち込まないで」

「そうよね、あの勇太だったらなんとかうまくやってるよね……でも、私、勇太に会いたい」

私が素直な気持ちでそう言うと、ラネルがちょっと困ったような表情になる。

「う〜ん、わかったわ。調査機関にお願いしてみる。でも、うちの情報網は貧弱だからあまり期待しないでね」

それでも希望が繋がることに私は喜んだ。

その話の後、私は城の執務室に呼ばれた。仕事の話らしいけど……。

「来週、この辺りの周辺国家の首脳が集まる会議があるのだが、その時、渚に私の護衛任務についいてもらいたいのだが良いかな」

「私が護衛ですか！　だ……大丈夫でしょうか」

「もちろん、君一人じゃなく、ラネルやジードたちも一緒だからそんなに心配しなくてもいいよ」

私一人だったらどうしようと思ったけど、それならと了解した。

「でも、どうして私なんですか？」

「もちろん、我が国の誇るハーフレーダーを自慢するからに決まってるじゃないか」

まあ、そういう話なら平和的で納得だけど……。

周辺国家の首脳会議は、隣国のテミラという国で行われるそうだ。私たちは、王室専用ライドキャリアのドムナという乗り物で、その国に向かった。

「このドムナってどうやって動いてるの？　ちょっと浮いてるみたいだけど」

学校の体育館くらいもある大きさの物体が地上をスーっと移動するのに驚いて、ラネルにそう聞いた。

「ライドキャリアには浮遊石の結晶が使われていてね。それで少し機体を浮かせて、魔導機と同じルーディアコアを動力にして動かしているのよ」

正直、よくわからなかったけど、へぇ〜そうなんだ〜と曖昧に返事をした。

王室専用というだけあって、このライドキャリアには部屋が十室以上用意されていた。テミラにはドムナで三日ほどかかるそうなので、しばらくここで生活することになる。

王に同行しているのはラネルと私、ジードとデルファン、それに外務大臣と護衛の兵士が三十名ほど。兵士たちは魔導機を搭載している格納庫にあるカプセルホテルのような場所で寝泊まりしているので、ちゃんとした部屋を与えられた私は少し心苦しい。

「渚、テミラに到着するまで時間があるから、お勉強よ」

ラネルが護衛といってても何をするわけでもなく、暇そうにしている私を見てそう言ってきた。

「勉強って、何を勉強するの？」

「この辺りの情勢ね、理解してた方がいいでしょう」

「まあ、知らないより知ってた方がいいかな」

そんなの覚えたくないと正直思ったけど、暇でやることもないので、それを承諾した。

「まず、今回の首脳会議に参加するのは東部諸国連合と呼ばれる集まりで、小国ばかり十二か国が加盟している連合組織よ」

「連合……どうしてそんな組織が必要だったの？」

「それは周りの大きな国と対等な外交を行う為よ。戦える力がなければ話し合いもできないでしょ。脅されたり、潰されたりして終わりよ」

「なるほど……」

「東部諸国連合の中心になってるのは、今向かっているテミラで、小国ばかりの東部諸国連合の中では比較的大きな国なのよ。まあ、アムリアの三倍くらいの国力があるかな」

ふむふむ、とラネルの話を聞いているが、全く興味がなく、ほとんど頭に入ってこなかった。

「それで、今回の会議の一番の議題が、最近不審な動きをしている近国、ルジャ帝国の話で……」

「不審な動きって、どんな動きよ」

「一番はやっぱり軍備の拡大ね。魔導機とライダーを大量に集めてるって話よ」

「ちょっと待って。もしかして戦争が起こるかもしれないってこと？」

「そうならない為の会議よ。ルジャ帝国と東部諸国連合が戦争になったら他の近隣諸国も動き出して大変なことになっちゃう」

戦争という得体の知れない恐怖に、私は体全体にゾクゾクと不快な感覚を覚えていた。

◆

食糧や魔導機関連の物資をライドキャリアに積み込むと、俺たちはカークスに向かって出発した。

道中、二十畳ほどの広いリビングをミーティングルームとして、今後の話し合いが行われた。このライドキャリアに搭乗している全員が集まっていて、最初に決めなければいけない幾つかの課題を話し合った。

「まずは傭兵団の名前だな」

確かに名前がなければ名を売ることもできないし何かと不便だ。

「ナナミ、『花と小鳥』がいいな～」

「却下だ。強そうじゃない」

ナナミの意見をジャンが間髪容れずに却下した。

「ええ〜それじゃ、ジャンは何がいいのよ」

「『死神兵団』とかどうだ。強そうだろ」

「やだ、可愛くない」

「傭兵団の名前に可愛さなんていらねえんだよ！」

確かにそうだが、ジャンの死神兵団もどうかと思うぞ……。

「私は気品溢れる名前がいいね〜。例えばエレガント猟団とか」

「さすがアリュナ様！　素晴らしいです！」

ライザは問答無用でアリュナの意見を称賛する。多分、アリュナが何を言っても彼女は同じセリフを言うような気がする。

「『龍虎鳳凰団《りゅうこほうおうだん》』とかどうかな」

キャラに似合わず厳つい名前を提案したのはファルマだ。ちょっと良さげだが、よく考えると意味不明なんだよな。それにしても龍とか虎とか鳳凰とか、この世界にもそんな言葉、あるんだな。

「それで勇太は何か案はないのかい」

アリュナにそう言われて考える。俺もネーミングセンスがある方ではないが、なんとなく頭に浮かんだ単語を言った。

「『無双鉄騎団』とかどうかな？　無双するつもりで戦うってことで……」

まあ、却下されると思っていたんだけど、意外にも皆の反応は悪くなかった。

「いいじゃねえか、強そうで」

「そうね、気品もあるように聞こえるわ」

「あまり可愛くないけど勇太が言うなら……」

「凄く良いです、勇太の案に賛成」

「センスなし、アリュナ様のが一番良いと思う」

一人だけ反対だったけど、アリュナのひと睨みで賛成に転じて、満場一致で『無双鉄騎団』に決まった。

「次は部屋決めだな。このライドキャリアがこれから生活の中心になるから大事だぞ」

「私は自分の部屋がもう決まってるから引き続きそこにするわよ」

「勝手に決めんなよ、あの奥の一番広い部屋だろ。俺もそこがいいんだよ」

「もともと、このライドキャリアは私の物なんだから、部屋を決める権利くらいあるでしょう」

「そうよそうよ、変な頭は黙ってろ！」

アリュナを擁護するようにライザがジャンに絡む。

「誰が変な頭だ！　これは北のカリューンでは流行《はや》りの髪型だぞ！」

「ここは大陸の西です！　北の流行りなんて持ち込まないでほしい！」

「うるせー！　男か女かわからん男女が！」

「男女の区別もつかないなんて目も悪いのね！」

「くっ……」

さすがのジャンも女性との口喧嘩では分が悪いのか、少しライザに押されている。

「まあ、こんなことで揉《も》めるのもアレなんで、とりあえず公平に『あみだくじ』で決めようか」

俺がそう提案すると、みんなハテナ?と意味を理解していないようだ。そうか、この世界には『あみだくじ』なんてものはないのか。とりあえず説明しながら俺は紙にあみだの線を書いていった。

「へぇ〜面白いね。地球人の文化はファルヴァの文化に多大な影響を与えてるけど、こいつも流行りそうだね」

アリュナの言うように、こちらの世界には見覚えのあるような文化をいくつか目にすることがある、例えば料理などに思いっきり和食メニューがあったりと、ちらほらとそういう場面に出会《でくわ》す。

俺の作ったあみだくじには、1から6まで数字が書かれていて、この数字の順番で部屋を選んでいくことに決まった。そしてあみだくじの結果は……。
1　アリュナ
2　俺
3　ファルマ
4　ナナミ
5　ライザ
6　ジャン
となった。

「ほら、神は見てるもんだね。もちろん私はあの奥の部屋を選ぶよ」

「くそっ！　このクジ、おかしいんじゃねえのか！」

「文句言うんじゃないよ。あんたは最後なんだから大人しく見てな」

「チッ……ふんっ、ほら、勇太、さっさと選べよ」

「そうだな、俺はどこでも良いんだけど……一番前の部屋が景色良さそうでいいかな」

「くっ……そこも狙ってたのに！　どこでもいいんだったら譲れよ、勇太！」

「勇太、ダメだよ、ジャンのわがまま聞いたら」

確かにアリュナの言うようにここでジャンにこの部屋を譲ったらクジの意味がなくなる。

「ジャン、悪いな、ここは譲れない」

「チッ……勝手にしろよ！」

「次はファルマだな。どこにするんだ」

「私は勇太の右隣の部屋で……」

控えめにそう彼女は言った。

「次、ナナミだよね、ナナミは……ええと……勇太と一緒の部屋でいいや」

それを聞いたアリュナが焦ったように訴える。

「それはダメだよ、ナナミ、それがありなら私だって！」

「ええ〜いつも通り勇太と一緒に寝たいのに……じゃあ、勇太の左隣の部屋でいいよ」

ダメだと言われたナナミは仕方なくといった感じでそこに決めた。

ライザはアリュナの隣、ジャンは残った部屋の中で一番広い部屋を選びみんなの部屋が決まった。

こっちの世界に来て初めての自室だ。ナナミと寝るのが嫌なわけじゃないけど、やっぱり一人でゆっくり寝られるのは嬉しい。

カークスへの移動途中、荒野の渓谷でナナミとファルマの魔導機の練習と、戦闘訓練を行うことになった。

「ちょっとした破損ならライザが修理してくれるから、気にしないで思い切って来な！」

ナナミのヴァジュラとファルマのガルーダが、アリュナのベルシーアに向かって摑みかかる。軽いステップでアリュナは二人の攻撃を避けると、二体の背中を軽く押す。するとバランスを崩した二人は地面に転がるように倒れ込んだ。

「ほら、しっかりバランスをとって。戦いで一番大事なのは重心をぶれさせないことだよ。そうすれば不意の攻撃にも対応できるようになる」

アリュナは指導者に向いているのか、そうやって教えているうちに、二人の動きが格段に良くなっていった。特にナナミの成長の速さは尋常ではない。すでに指導するアリュナの声に余裕はなくなってきていた。

「くっ……さすがはトリプルハイランダーだね。しかも魔導機ヴァジュラ。本当にお買い得品だったようね」

完全に魔導機を乗りこなせるようになった二人と、俺とアリュナで本格的な戦闘訓練をすることになった。

ヴァジュラは片手剣と盾を装備して、ガルーダはアローを装備する。

実際に戦ってみて思ったのだが、ガルーダの飛行能力はやばい。高速飛行できるわけではないけど、五ｍくらい上空に浮き上がられたら、飛び道具のないこちらは何もできない。なのに向こうはアローでバシバシ攻撃してくる。アローの先端に特殊な金属を付けると、Ｓランクの装甲も貫通するそうで、その威力も侮れない。

ナナミのヴァジュラの能力も驚異的で、練習なので手を抜いているといっても、あのアリュナのベルシーアが圧倒される場面が何度もあった。まだまだナナミは伸びそうなので末恐ろしい。

「しかし、空飛んでる相手にどうすればいいんだ……」

「そうね、こちらも飛び道具を使うか、飛行するかしかないわね」

アリュナの言うように、飛び道具でもないと渡り合えないと思う。この先、飛行する敵が現れないとも言えないので対応は考えた方がいいかもな……。

戦闘訓練を終えると、俺たちはミーティングをすることにした。

「俺も飛び道具が欲しい」

俺はすぐにそう主張する。

「飛び道具ね……アローかボウガンか、あとは魔光弾があるけど、アローだと両手を使うから、装備したら近接武器は装備できなくなるわね。ボウガンは片手で装備できるけど、威力も弱く、装塡できる矢が少ないから気休め程度にしかならないし……」

「その魔光弾ってのはどんな武器なんだ」

「魔光弾はルーディアコアを使用した魔法兵器よ。腕に装着できるくらいに小型なんだけど、威力がルーディア値に左右されるから……しかもダブルハイランダーの私でも相手を怯《ひる》ませる程度の威力しか出ないほど貧弱だから、これを使ってるライダーなんて珍しいわね」

「それじゃ、ルーディア値２の俺が使っても無意味そうだな」

「ルーディア値２？　勇太、何言ってるの？」

アリュナが驚いたようにそう言う。そう言えばアリュナは知らなかったっけ……。

「あっ、俺ルーディア値２なんだよ」

「そんなバカなことあるわけないでしょう、ルーディア値２で魔導機を動かせるわけないわよ」

「そうなんだよ。俺もそう言ってるんだけど、本人が２だって言い張るんだよな」

ジャンもアリュナの意見に同調してそう言ってくる。

「だってちゃんと最新の計測機で測ったんだぜ。間違いないだろ」

みんな俺のルーディア値を信じてくれない。そんなにおかしいかな……。

「そこまで言うなら今度、ちゃんと測ってみましょう。大きな街に行けば計測機を置いてる施設もあるだろうし」

「ルーディア値ってそんなに重要かな。本音言うとどうでもいいんだよな」

「ナナミも勇太のルーディア値には興味ないかな。勇太は勇太だし」

「うん、私も別に知らなくても問題ない」

ナナミとファルマはそう言ってくれたが、ジャンとアリュナははっきりさせたいようで、機会があれば俺を計測機にかける気、満々のようだ。

渓谷の奥に、豊富な水量を誇る滝と、その水が流れ込む湖をナナミが見つけ、水遊びがしたいと言い出した。

「水遊びだと、子供かお前は」

ジャンは冷たくそう言い放つ。

「ナナミは子供だよ、だからちょっとだけいいでしょ。水遊びってしたことないから」

必死に訴えるナナミが可哀想になり、助け船を出してやった。

「ジャン、この暑さだ。水遊びくらいさせてやったらどうだ。それに綺麗な湖だし、美味《うま》い魚とか泳いでるかもよ」

「魚か……晩飯に悪かないな——仕方ねえな、少しだけだぞ」

そう言うとナナミは笑顔になり、飛び跳ねて喜びを表現した。

「しかし、ナナミ、水遊びって言っても、水着とか持ってるのか」

ふと疑問に思いそう聞くと不思議そうにこう答えた。

「水着って何？」

そこからかよ……。

「水の中に入る服だよ、そのままで水に入ったらずぶ濡《ぬ》れになるだろ」

「そんなの服を脱げばいいだけだよ」

「裸で遊ぶ気か！？」

「そうだよ。冷たい水の中に入るってどんなのかな。楽しみだな〜」

いやいや、流石にそれは——喜ぶナナミをどう説得しようか困っていると、アリュナが単純な解決方法を出してくれた。

「ほら、ナナミ、これ着られるか試してみな。こっちはファルマだね」

そう言ってナナミたちに渡したのは水着のようだった。

「アリュナ、そんなのどこから……」

「私の水着だよ、ちょっとサイズが大きいかもしれないけど、もともと私には小さめのサイズだから、ナナミたちでもギリギリ着られると思ってね」

「ありがとう、アリュナ、こんなの着るの初めて」

ナナミはそう言いながらその場で着替え始めた。

「だぁ〜！　こんなところで着替えるな。そっちで着替えろ！」

「勇太ってたまに面倒くさいこと言うよね。ここで着替えていいと思うけど」

「いいから、そっちで着替えなさい！」

ブツブツ文句を言いながらも、強い口調で言ったら、渋々向こうの部屋に着替えに行った。

「私も着ないとダメかな……」

ファルマが水着を見ながらそう聞いてくる。

「嫌なら着なくてもいいと思うよ、ただ、体の呪いのことを気にしてるだけなら、そんなの気にする奴はここにはいないから、気にしないで思いっきり遊ぶといいよ」

そう言うとファルマは笑顔で水着を握りしめ、ナナミが着替えに入った部屋へと向かった。

「さて、私も着替えるとしようかね。勇太にサービスしないといけないからね。ほら、ライザ、あんたも着替えるんだよ」

「アリュナ様……やっぱり、着替えないとダメ？」

「ダメよ。たまには息抜きしないと」

本当は嫌なのか、ライザは凄く渋い顔でナナミたちの着替えている部屋へと入った。


それからしばらくして、女性たちが着替えを終えて部屋から出てきた。全ての水着がアリュナの私物なのでアリュナの趣味だと思うが、どの水着も露出度が高くかなり目のやり場に困る。

「見てみて勇太！　ほら、可愛い？」

「あっああ、可愛いと思うよ」

「私はどうかな、勇太……」

「ファルマも可愛いよ」

二人はそんな俺の言葉に喜び、キャッキャとはしゃぎながら湖に向かう為にライドキャリアの出口へと走っていった。

「ほら、勇太、私のどうだい。触ってもいいんだよ」

アリュナが半分くらい露出した胸を強調しながらそう言ってくる。だけど、隣にいるライザが物凄い形相で――。

「触ったら殺す！」

完全に口に出してそう警告してきた。

「勇太、ほら、お前の分だ」

そう言ってジャンが釣り竿《つざお》を渡してきた。

「どうしたんだ、ジャン、釣り竿じゃないか」

「さっき作ったんだよ、二人で晩飯釣り上げるぞ」

確かにナナミたちと水遊びするより、ジャンと釣りをする方がいいかもしれない。


湖の近くに行くと、その透明度の高い綺麗な水質がよくわかる。ナナミたちは浅い場所で水をかけ合って楽しそうに遊んでいた。

アリュナはどこから持ってきたのか、長い椅子を砂地に設置してそこに横になり、日光浴を始めた。ライザはそんなアリュナを体育座りでジッと見つめている。

「ほら、勇太、あの滝の近くが良さそうだぞ」

「よし、どっちが沢山釣るか勝負だ、ジャン！」

「おっ、望むところだ、受けて立つぜ！」

幼馴染みの渚とたまに行っていたのは海釣りだけど、釣りには多少の自信はある。海も湖も違いはないだろう、そんなふうに思って釣りを始めたがこれがなかなか難しい、魚の反応はあるのだけど、食いつくまではしてくれない。一方、ジャンは短時間で釣り竿を手作りするほどの玄人だ。簡単に最初の一匹を釣り上げた。

「どうした、勇太、勝負を挑んできたのはそっちだろ」

「くっ……まだまだこれからだろ、待ってろよ、今釣り上げた魚より何倍も大きなの釣ってやるから！」

だが、その後も反応は渋く、俺の竿には決定的な反応は訪れない。それにくらべてジャンは、すでに人数分の魚を確保していた。

「勇太、あっちで一緒に水遊びしようよ」

ナナミとファルマがそう言って誘いに来た。しかし、まだ一匹も魚を釣り上げていない俺はそれどころではなかった。

「今忙しい！　後にしてくれ！」

「え～～そんな棒切れ持ってても全然面白くないよ。水、冷たくて気持ちいいよ」

「一匹、せめて一匹釣れるまではやらせてくれ！」

「魚さん、そんなところにいないよ、ほら、こっちの方が良いって」

ナナミはそう言いながら俺の竿を動かしてポイントを変えた。

「ちょっと、ナナミ、何すんだよ。そんなところで釣れるかよ」

俺がそう抗議した瞬間、竿が大きくしなった。

「ほら、勇太、魚さん来たよ！」

「うっ、嘘！　ぐっ、これはでかいぞ！」

湖に引きずり込まれそうになるほどの引きに焦る。

「勇太！　今日一番の大物だ！　絶対に逃がすなよ！」

最終的にはジャンも手伝ってくれて、なんとかその大物を引き上げることができた。

「ナナミと同じくらいの大きさだな、ナナミ、ちょっと横に並んでみろよ」

釣り上げた大物の横にナナミが並ぶと、ほぼ同じ大きさであった。


魚が大量に釣れたこともあり、今日の晩飯は湖の畔《ほとり》で魚の直火焼《じかびや》きとなった。みんなで集めてきた木の枝や木片で焚火《たきび》をして、釣った魚を火にかける。

「美味しそう――もう食べられるかな」

「小さい魚はもう大丈夫そうだな、熱いから気をつけて食べろよ」

そう言ってナナミとファルマに小さい魚を渡してやる。二人はハフハフと言いながら魚にかぶりついた。

「美味しい！　魚ってこんなに美味しかったんだね」

「うん、本当に美味しいよ」

アリュナとジャンは酒を開け始めた。どうやら魚で一杯やるつもりらしい。

「ほら、勇太、あんたもどうだい」

「いや、俺は飲めないからいいよ」

そう言ったのだけど、アリュナは強引に俺の隣に座って酒を注いできた。

「まあ、いいから少し付き合いなよ」

女性陣はなぜかまだ水着姿のままであった。もちろん、胸を半分露出している水着を着ているアリュナも例外ではなく、密着して酒を注ぐ彼女にドキドキが止まらない。そんな俺の反応が気に入らないのか、ライザがアリュナとの間に強引に入ってきてこう言った。

「ちょっと、どこ見てるの？　アリュナ様が汚されるからやめてよね！」

ライザはいつも作業着みたいなつなぎの服を着ているので男女がわからないくらいボーイッシュだけど、こうやって水着姿だと女の子だというのがよくわかる。

「勇太、そう言えばお前、地球人なんだよな」

アリュナに注がれた酒をミリ単位でチビチビ飲んでいると、ジャンが不意にそう聞いてきた。

「そうだよ、こっちの世界じゃ珍しくないんだよな」

「そうか、地球に帰りたいと思わねえのか」

「そりゃ帰れるのなら帰りたいけど……」

しかし、地球に帰れるとしても、俺一人だけって話になるとそれは嫌だ。クラスのみんな、特に白雪結衣と幼馴染みの渚とは一緒に帰りたい。二人ともどうしているだろうか……俺と違ってライダーとして好待遇で迎えられているだろうから心配ないと思うけど――そうだ、傭兵として安定したら、二人を探しに行こう。そして三人で地球に帰る方法を探したりして……白雪結衣にはその後、あらためて告白なんかして……そうなるとナナミとファルマはどうするんだ。そうだ、一緒に地球

に連れていけばいいじゃないか。うん、その時は二人に話してみよう。

☆

軍から逃げ出し、逃亡生活となった私と二人の生徒、大場咲良さんと田口奈美さんは、逃亡中に噂に聞いた、コロシアムの剣闘士の試合で逃亡資金を稼ぐ為に、商業国家アルペカを訪れていた。

まずは賭ける軍資金がなかったので、咲良さんの魔導機を質に入れてお金を作り、それを掛け金にした。運がいいのか一戦目、二戦目、そして三戦目と連勝して、まとまったお金を作ることができた。質に入れた咲良さんの魔導機を買い戻すことを考えると、もう少し稼ぎたいと思い、この資金をさらに大きな試合に全額賭けることにした。

「南先生、チームドウルフってところが話に乗ってきたよ」

「そう、それであちらは条件を指定してきた？」

「詳細はこれから話をしようって、ここに来るように言われた」

咲良さんはそう言って手書きの地図を見せてきた。

「コロシアムの近くね、いいわ、行ってみましょう」

このまま交渉相手の指定する場所へ行くのは危険だと思い、コロシアムの近くで屈強な男を二人、用心棒として雇った。

指定された場所は酒場で、中に入ると数十人に囲まれた。

「何の用だ、ここはチームドウルフの縄張りだぞ」

「酷い出迎えね。私たちはそちらから試合の詳細を話す為にここに来いといわれてやってきたんですよ」

「なるほど、それは失礼した。リーダー、お客さんですよ」

そう呼ぶと、奥から風格のある男が姿を現した。

「そこに座りな。試合の詳細を話そう」

言われるままに椅子に座る。しかし、座った目線の先に不快な光景を見た。それは裸にされ、鎖で繋がれた男たちだった。人数は三人、殴られたのか三人とも顔が大きく腫れている。私はどこか見覚えのあるその顔をよく見た――。

「やっ、山倉くん!?」

よく見ると残りの二人も見知った顔だ。

「それに芝居くんに原西くんも！」

「なんだ、知り合いか？」

「彼らが何をしたか知りませんけど、ちょっと酷いんじゃないですか」

「奴らはな、俺に大損させたんだよ。これからは一生俺の奴隷として働くんだよ」

「そうはさせません！　彼らは私の大事な教え子です！」

「そうはさせないってどうするつもりだ？」

「試合の条件ですが、私が勝ったら三人を貰います」

「俺が勝ったらそっちは何をくれるんだ」

「五千万ゴルドでいかがでしょう」

「足らねえな！　こいつらはな、一億の損害を俺に与えたんだぞ、最低でもそれくらいじゃねえと話にならねえ！」

手持ちは六千万ゴルドしかない。一億の掛け金は用意できないけど、山倉くんたちを見捨てるわけにはいかない。

「私も賭けます。負けたら私を自由にしてください」

「へっ、その意味がわかってるのか？」

「はい」

「いいだろ、しかしお前だけじゃ足らねえ。その後ろの女二人もベットしろ」

「それはダメよ！」

「じゃあ、この話はなしだな」

くっ……どうすればいいの……。

「わかりました、私たちも賭けます」

咲良さんが不意にそう言った。

「咲良さん、奈美さん……」

「いいんです、先生！　先生は必ず勝ってくれると信じてますから」

「よし、決まりだ、試合は明日だ。ちゃんと準備しておけよ」

相手は私が反論する隙を与えずに話を進める。これで負けるようなことになったら、私だけではなく、二人の大事な生徒、それにあの三人もどうなってしまうのか……。

次の日、試合の時間となった。私は魔導機に乗って精神を集中する。この試合はどんなことがあっても勝たないとダメだ。どんな手を使っても……。

相手はチームドウルフのリーダー、ハイランダーの剣闘士で、明らかに私より格上だ。それでも勝利する必要がある。私は試合前に相手の魔導機にちょっとした細工をしていた。

「本日の注目の試合！　ハイランダーで現在の剣闘士ランキング二位！　チームドウルフのリーダーにしてコロシアムの猛者の一人アシモフ。その対戦相手は、新進気鋭の新人、怒濤《どとう》の四連勝で、今、乗りに乗っている女性ライダー、南瑠璃子！」

大騒ぎする客席に急《せ》かされるように、審判は試合開始の合図を出した。

「早々に終わらせてもらうぞ！」

そう言いながらアシモフは動き出した。細工が動くのはもう少し時間が必要だろう、私はまずは防御に徹した。

「ほら！　ほら！　攻撃を防ぐだけでは勝てやしないぞ！」

強烈な敵の攻撃に魔導機全体が軋《きし》む……。

しばらく防戦一方であったが、アシモフの魔導機の動きがどんどん鈍くなってくる……やっと仕掛けが効いてきたみたいだ。私は、アシモフの魔導機に数匹の虫を忍ばせた。それはチェボという虫で、軍にいる時に学んだ特殊な虫だ。普段は物陰などに隠れている大人しい虫だが、身に危険を感じると大きな猛獣も眠らせるほどの催眠ガスを噴出する特性を持つ。あんなに魔導機を派手に動かしたら、機械の陰に隠れているチェボは危険を感じてガスを噴出する。アシモフの魔導機は完全に沈黙した……しかし、このまま普通に勝っては私の不正がばれてしまう……剣闘士の試合には事故はつきものである……どんな強者も試合中に死ぬリスクを持っている。

私は迷わず、アシモフの乗るコックピットを狙って剣を突き出した。無抵抗な魔導機のコックピットを貫くのは簡単だ。剣はたやすくアシモフを貫いた。さらに証拠を隠滅する――私は剣を捻って徹底的に操縦席を破壊した。

「そっ……そこまで！　試合終了です、勝者、南瑠璃子！」

審判は試合を止めると、アシモフの魔導機の損傷具合を見てすぐに救護班を手配する。もう手遅れなのに……。

五章

不遇の戦い

カークス共和国首都タルーダン——鉱石の発掘で富を築いているカークスの首都だけあって、賑やかで発展した都市であった。その都市の華やかさを見て、ナナミが色々見て回りたいとわがままを言い出したが、まずは仕事優先ということで傭兵としての売り込みをする為に軍事施設を訪ねた。

「無双鉄騎団……聞いたことないな。確かに傭兵は募集してるが、どこの馬の骨ともわからん連中を雇う余裕はないぞ」

「おいおい、無双鉄騎団は馬の骨じゃねえぜ。あのアルペカのコロシアムで無敵を誇った剣闘士二人のライダーが所属している傭兵団だぞ。いいから上に通せよ、戦力が必要なんだろ」

ジャンは強気にそう言ったが、カークス軍の士官は怪訝《けげん》そうに俺たちを見ている。そもそもジャンのその話を信じていないようだ。

「わかった、上に話をしよう。だが、すでに三つの傭兵団と契約が決まりそうだから、おそらくは断られると思うぞ」

どうやらすでに先約がいるようだ。

その日の午後に、カークス軍から呼び出された。どうやら傭兵契約の話があるそうだ。とりあえず、俺とアリュナとジャンでその場を訪れた。

呼び出された部屋には、俺たち以外にも十人ほどの人がいた。

「まず、我が国の助力の為に訪れてくれたことに感謝する。本来なら全ての傭兵団を無条件で受け入れたいところだが、予算も決まっており、それもできない。なので提案なのだが、報酬を完全成果制として、ここにいる全ての傭兵団と契約したいのだがどうだろう」

カークス軍の司令官がそう言うと、まさに見た目傭兵といった感じのおじさんが、意見を言う。

「別にそれはかまわねえが、具体的にどれくらいの成果でどれほどの報酬が貰えるんだ」

「敵魔導機一機撃破につき五百万、十機撃破ごとにボーナスでさらに一千万をプラスする。それ以外にもカークス基地での補給は受けられるようにするがどうかな」

十機で六千万ってことかな。それが多いのか少ないのかちょっと俺にはわからないけど、そこにいた連中は納得しているみたいだった。

「それプラス、一番成果の大きかった傭兵団に何かボーナスは出してほしいな」

ジャンが大きな声でそう提案する。それを聞いた司令官は少し考えてこう答えた。

「よかろう。それでは一番成果の大きかった傭兵団にはボーナスとして一億を出そう。これならみなやる気が出るだろ」

こうして、俺たちはカークスと完全成果での傭兵契約を結んだ。しかし、うまく考えたものだ。これなら役に立たなければ無報酬だし、戦力として多くの傭兵団と契約できたってことだからカークスとしては万々歳だろう。


「勇太じゃねえか、お前、どうしてこんなとこにいるんだ」

「本当だ、勇太だ」

そう声をかけられ見ると、そこにいたのはクラスメイトの堀部直志《ほりべただし》と今村明音《いまむらあかね》だった。

「なんだ、二人して傭兵やってるのか？」

「まあな、俺たちを購入した国がすぐに戦争で負けてなくなっちまったからな。困ってる時にこの傭兵団に拾われたんだよ」

「それは大変だったな……」

「それにしてもお前の方は奴隷になったって聞いたけど、詐欺師になってるとは出世したな」

「え！　詐欺師ってなんだよ」

コロシアムでは原西たちにイカサマ師呼ばわりされていたが、ここでは詐欺師かよ。そして堀部たちの言葉は続く。

「だってよ、ルーディア値2だろお前、魔導機なんて乗れるわけねえじゃねえか。どうせ傭兵団としてカークスを騙して契約して金を儲けようとしたんだろ？　しかし残念だったな、完全成果制じゃ報酬を騙し取ることもできないな」

「誰がそんなことするかよ。ちゃんと成果を出して報酬を貰う」

「ギャハハッ〜！　魔導機も乗れないのにどうやって成果出すんだよ。素手じゃ魔導機は倒せないぞ」

「ほんとウケる〜この世界に来る前はちょっといいかなって思ってた自分が恥ずかしいわ」

「なんだよ、明音、勇太に気があったのか」

「もう、恥ずかしいから言わないでよ。ルーディア値2に気があったなんて、見る目なかったって言ってるようなものじゃない」

「そりゃそうだ、ギャハハッ〜」

何か言い返そうと思った時、アリュナが二人の前に出ていきこう言い放った。

「私は勇太に惚れてるけど何か文句ある？」

アリュナは絶世の美女と言っても差し支えないほどのハイレベルな美貌を持っている。その彼女がそう言い切ったことで二人は何も言い返せなくて押し黙った。

「ふ……ふんっ！　女をたらしこむ技術だけは成長したようだな。まあいい、俺たちの獣王傭兵団が一番成果なのは間違いないからな、なにしろ、獣王傭兵団にはハーフレーダーが二人もいるんだからな、負けようがない」

こちらにはトリプルハイランダーとダブルハイランダーがいるんだけど、そう思ったがあまり手の内を見せるのもよくないと考え、それは言わないでおいた。


カークスと契約して二日後、傭兵団としてカークス軍から最初の任務が言い渡された。

「ルバ要塞を奪還してくれって言ってきた」

俺がそうみんなに連絡すると、ジャンが少し驚く。

「要塞の奪還だって！　おいおい……いきなりヘビーな要請だな」

「この作戦は私たち無双鉄騎団だけの任務じゃなくて、契約している全傭兵団との共闘作戦になるみたいだね」

アリュナが補足してくれる。

「要塞の戦力はどうなんだ」

「魔導機百機ほどらしいけど、完全には把握してないようよ」

「敵の戦力はちゃんとわかってないけど、とりあえず行ってこいってか。なかなかの雑な扱いだな」

「カークスの正規軍の魔導機も三十機ほど攻略に参加するみたいだから、完全に捨て駒にする気でもないようだけど、まあ、これくらいはやってもらわないとでも思ってるんでしょう」

アリュナの言うように、捨て駒にするっていうより力を試す意味合いが大きいように思う。


ルバ要塞はカークスと戦争中のチラキア帝国との国境から十キロの地点にあるそうだ。俺たちは他の傭兵団、カークス正規軍とそこへ向かった。

「こちらの戦力はカークス正規軍三十、狼《おおかみ》猟団十二、獣王傭兵団二十三、クラッシュバンカー十四、そして無双鉄騎団四の魔導機八十三機と、実際の戦力にはならないけど、カークスの歩兵部隊が五千人。敵は推定、魔導機百機に要塞のバリスタ百五十門。ちょっと不利な戦いになりそうね」

「バリスタってなんだ？」

「バリスタは歩兵が使う兵器で、設置型のアローって想像したらいいわ」

「アローだって！　それが百五十もあるのか！」

「まあ、ファルマのガルーダが撃つアローほどの威力はないと思うけど、魔導機にも十分ダメージを与えるから油断はできないわね」

魔導機の数でも負けてそうなのにそれにバリスタとは……。

ルバ要塞の近くまで来ると、カークス軍のライドキャリアで最終的な作戦会議が行われた。

「要塞の西、南、東の三方向から一斉に攻撃する」

「北からは攻撃しなくていいのか」

カークス軍の指揮官の言葉に、どこかの傭兵団の一人がそう尋ねる。

「四方向から攻撃する戦力はないし、北は防御が硬く、バリスタの数も多い。攻撃するメリットも薄いのでここは捨てておいた方が良いだろう」

「なるほどな、それで分散する戦力の内訳は？」

「南からはカークス正規軍、東はクラッシュバンカーと狼猟団、西は獣王傭兵団と無双鉄騎団で行こう」

そうカークス軍の指揮官が言うと、獣王傭兵団の団長が異議を申し立てた。

「待て、俺たちは無双鉄騎団と一緒に戦うのは拒否する」

「どうしてだ？」

「こんな胡散臭《うさんくさ》い奴らに背中を預けられるか！　仲間の情報では詐欺師集団だとの情報もあるのでな」

「そ……そうか、では他の傭兵団で、無双鉄騎団と一緒に西を攻めてくれるところはあるか？」

しかし、その指揮官の言葉に応える傭兵団はなかった。

「ふむ、ならば仕方ない、西からの攻めは無双鉄騎団だけでお願いしよう。獣王傭兵団はカークス正規軍と一緒に南からの攻撃に参加してくれ」

「ちょっと待てよ！　俺たちだけで西を攻めろって言うのか！」

ジャンが思わず抗議する。

「そうだ、仕方なかろう。皆、お前たちと一緒に戦うのは嫌なのだから」

「それはカークス正規軍もそうだってことか？」

「私も部下の命を預かる身だ。要らぬ危険は冒さぬ」

俺たちの命はどうでもいいのかよ……そう強く言い返そうかと思った時、アリュナがこう宣言した。

「いいよ、その作戦受ける。無双鉄騎団は単独で西から要塞を攻撃する」

「いいのか、アリュナ？」

俺が思わずそう聞くと、アリュナは堂々とこう言い切った。

「いいに決まってる。私もこんな連中に背中は預けられない。だけど覚えておきな、あんたらが苦戦して困っていても、うちらは救援しないからね」

「ハハハハッ〜たった四機の魔導機に助けられるような戦況になったら、すでに我々は敗北してる」

豪快に笑いながら獣王傭兵団の団長はそう言い放った。

共闘作戦と言っても、他の傭兵団は味方ではないことをここで思い知らされた。

俺たちはルバ要塞の西側に回り込み攻撃の準備をした。

「あーあー、みんな聞こえるか」

「アリュナ、ベルシーア、聞こえるよ」

「ナナミ、ヴァジュラ、聞こえます」

「ファルマ、ガルーダ……聞こえる」

「ジャン、ライドキャリア、聞こえてるぞ」

「勇太、アルレオ、了解」

どういった原理かはわからないが『言霊箱』という魔法技術により、魔導機同士と、ライドキャリアで会話ができるようになっていた。あと、カークス軍から味方を識別するビーコン水晶と呼ばれる物を渡されていたので、それも各魔導機に設置している。このビーコン水晶、大まかな味方の位置が水晶に点として表示されていて、大雑把ではあるが味方の動きがわかる。

「ちょっと待て、アルレオの右腕に変なのついてるんだけど……」

見るとアルレオの右腕に、大きな腕時計みたいなのが取りつけられていた。

「勇太、飛び道具が欲しいって言ってたろ。ライザに言って取りつけさせたんだ。それが前に話した魔光弾だよ」

「これが……どうやって使うんだ」

「ルーディアコアに接続されてるから、操縦と一緒だよ。イメージして放つんだ」

「なるほどな」

「だけど威力は期待しない方がいいかな。あくまでも牽制《けんせい》として使えばいい」

「了解～」

ルバ要塞から西に五キロ地点。ここからはライドキャリアは目立つので、降りて魔導機で向かうことにした。

「ライドキャリアは私たちを降ろしたら後方に下がって待機してて」

「わかった。四人とも無理すんじゃねえぞ」

ビーコン水晶を見ると、自分の点を中心に三つの点が一緒に動いている。ビーコン水晶に触れると、拡大、縮小ができるみたいで、数多くの点が現れた。数や位置から考えると、東と南から攻めている友軍の点だとわかる。

またビーコン水晶にはバトルレコーダーなる機能も付いていて、敵を倒すとここに記録されるようになっているようだ。これにより撃破数が確認できて証明となるそうだ。

要塞の攻略戦が始まったようだ。激しい戦いの音が聞こえ始める。

俺たちの前にも敵の魔導機部隊が見えてくる。その数はパッと見て五十機くらい、想定では二、三十くらいだと予想していたので思ったより数は多かった。

「ファルマ、上昇してアローの用意。俺は中央に突撃するから、ナナミとアリュナは左右から敵を倒していってくれ！」

丈夫なことには自信があったので、俺が中央に突撃して敵を引きつけることにした。そうすれば仲間へのリスクは減るような気がする。

突撃した俺に向かって、すぐに四機の敵が接近してくる。敵の武器が四機とも長い槍なのを見ると俺は加速して懐に入った。そして近距離で両手のトンファーを振り回して攻撃する。

敵の魔導機は思ったより脆《もろ》い。ボディーに一撃受けただけで煙を噴いて停止する。

「まずは一機！」

そのまま体を回転させて左右の機体にもトンファーを叩き込む。一機目と同じく、左右の二機もシュシューと音を立てて膝をついて動かなくなる。

残る一機の頭を叩くと、ブシュッと首が吹き飛ぶ、そのまま力なく後ろに倒れてそれも動かなくなった。

四機倒したところで周りを見渡すと、ナナミとアリュナも数機の敵機を倒し終えていた。さらに敵の第二陣が近づいてきた。その数は二十機ほど……。

「ファルマ、アローで攻撃！」

ファルマが近づいてくる敵機に対して、アローを撃ち始めた。ファルマのガルーダのアローの攻撃精度は高く、撃つ矢が全て命中する。さらに威力も相当に強いようで、命中した敵機は体を貫かれてそのまま行動不能になっていた。

敵が怯んだのを見てアリュナが声をあげる。

「敵はビビっているよ！　このまま殲滅《せんめつ》しよう！」

アリュナのベルシーアはそう言うと加速して敵機の中に突撃する。俺とナナミもそれに続いた。

やはりアリュナの戦闘力は凄《すさ》まじい、一瞬で三機の魔導機がベルシーアの双剣に分解される。

さらにナナミの成長は目を見張るものがある。ナナミのヴァジュラは右手に片手剣、左手にシールドと攻守のバランスの良い装備で、シールドで攻撃を防ぎ、剣で敵を蹴散らしている……全く隙がない動きで、本気で戦ったら俺も負けそうだとすら思ってしまった。

さて、俺も負けてはいられない。体を回転させながら敵をトンファーで蹴散らしていく。トンファーの扱いにも慣れてきて、この武器の強さがようやくわかってきた。威力、スピード、攻守でその力を発揮できる汎用性、近接戦闘では負ける気がしない。

戦うのに集中していて気づいてなかったが、すでにこの時、俺たち四人の合計撃破スコアは五十を超えていた。百の敵の三分の一だと三十三ほどだと思うのだが、どうも様子がおかしい。

「どうも変だね、敵の数が多すぎる」

アリュナが近くにいる最後の敵機の首を飛ばした後にそう言う。

「確かにそうだな、俺たちだけでもう随分倒したと思うけど……。

「もしかしたら敵の魔導機百ってのは大きく間違った数字かもしれないね。ほら、それを証明するように東と南の友軍はかなり苦戦してるようだわ」

アリュナがそう言うので、ビーコン水晶を拡大表示して確認した。すると味方を識別する点が、凄い勢いで消えていっていた。

「勇太、こちらを早く片づけよう、このままだと私たち以外は全滅しそうだ」

「あれ、手助けしないんじゃなかったっけ」

「そうしたいけどね。まあ、無双鉄騎団の最初の作戦が失敗ってのも格好悪いでしょう」

「確かにそうだな。じゃあ、さっさとやってしまうか」

西側の敵は、要塞近くにいる魔導機と、要塞に設置されているバリスタを残すのみになっていた。

「要塞のバリスタが厄介そうだな、ファルマ、上昇して狙えないか」

「うん、やってみる！」

ファルマのガルーダはグングンと上昇していき要塞の城壁より高く上がった。要塞を設計した人間も、まさか城壁が上から攻撃されるとは想定していなかっただろう。設置されているバリスタはファルマの位置からは丸見えのようだ。

ファルマはゆっくり弓を引き、そしてバリスタの一機に向かって放った。アローは綺麗な放物線を描き、狙ったバリスタを木っ端微塵《こっぱみじん》に破壊した。

「凄いぞ、ファルマ！　一発で仕留めたな」

俺に褒められて気を良くしたのか、ファルマはその調子で次々にバリスタを射貫いていった。要塞のバリスタも反撃を試みるが、射程外のようでアローは虚しく俺たちの手前に落下する。

あっ、そうだ、俺も飛び道具持ってたんだった、ちょっと試しに撃ってみるかな……そう考えて、魔光弾を構えて、バリスタの一機に狙いを定めて撃ち抜くイメージを操作球に送る。射程距離もわからないし、とても当たるとは考えていなかったが……。

ジュキューン――！

想像以上の音と強烈な光が魔光弾の先端から放たれる。それは大きな光の帯となって、レーザービームのように真っ直《まっす》ぐな光の線となり、狙ったバリスタまで伸びる。ドガーン！　と凄まじい爆発音が響いてバリスタは粉砕された。

「勇太！　なに、今の！」

アリュナが驚きの声をあげる。

「いや、魔光弾を試し撃ちしたんだけど……」

「嘘でしょう、あんな威力の魔光弾なんて見たことも聞いたこともないわよ……」

そんな話をしていると、今の一撃で驚いたのか怒ったのか、要塞近くにいた敵の魔導機がこちらに向かってきた。まあ、ファルマのアローで、ぽんぽんとバリスタを破壊されているのもあって放っておけなくなったのだろう。

「勇太！　アリュナ！　敵来たよ！」

ナナミがそう警告する。

「よし、もう一発……」

俺は接近してくる敵に向かって魔光弾を撃とうとした……しかし、さっきのように光の弾は出ない。

「あれ、出ないぞ？」

「あれだけの攻撃エネルギーだからね、もしかしたらルーディアコアがバーストしてるのかも」

「バースト？」

「一時的に出力を制御した状態になってるのよ。少ししたら回復すると思うけど……」

「なるほどな、そうなると魔光弾の連射はできないってことだな」

「もう、敵が来てるって！」

あっそうだった。ナナミに再度そう声をかけられ、近づいてきている敵に向き直る。

アリュナが右から接近してきた敵二機を双剣で切り刻む。俺と話をしていても意識は敵をちゃんと向いていたようだ。ナナミも剣で攻撃してきた敵を盾で防ぎ、その敵を剣で串刺しにする。俺は近づいた敵の頭をトンファーで吹き飛ばすと、跳躍して敵の一団の真ん中に着地した。驚いた敵は俺を見て固まる。そんな隙だらけの敵の一団を、回転しながらトンファーを振り回して、次々と破壊していった。

「全部片づいたかな」

「そうね、もう近くには敵の魔導機はいないみたい」

その間に、城のバリスタもファルマが全て破壊したようで、要塞の西側は完全に沈黙した。

要塞西側を沈黙させた俺たちは、南側の救援に向かった。ビーコン水晶を見ると、南側の友軍の数はすでに半数ほどに減っていた。南側の戦場に近づくと、言霊箱に設定されたカークス軍関係のチャンネルから友軍の会話が聞こえてくる。

「くっ……どういうことだこれは！　南側だけで魔導機が百機以上いるじゃねえか！」

「て……撤退しましょう、団長！」

「ダメだ、もう囲まれてる！　逃げるにも逃げ道すらねえ！」

「ゆ……友軍に救援を頼みましょう！」

「どこにそんな余力のある友軍がいるんだよ！　他も似たような状況だろ！　直志！　明音！　どうにかしろ！　お前らハーフレーダーだろ！」

「そんなこと言われても、敵に凄い強いのが一人いるんだ！　俺と明音、二人がかりでなんとか抑えてるんだぞ。そっちはなんとかしてくれ！」

「ちっ……カークス正規軍はさっさと全滅しちまうし……これじゃ割りに合わねえじゃねえか！」

南側で生き残っているのはどうやら獣王傭兵団らしい。本音を言うと放っておきたいけど、友軍なのは間違いないしな……。

すると、獣王傭兵団の二機の魔導機を手玉に取るように戦う、黒い敵の魔導機を見つける。どうやらあれが直志の言う凄い強い敵のようだ。言うほど強そうには見えないけどな……。

「あの黒いのは俺がやるから、アリュナたちは周りの雑魚を頼む！」

俺は言霊箱の無双鉄騎団のチャンネルでそう声をかける。

「あいよ〜。ファルマ、上昇してアロー。ナナミ、私は左から行くから、右側を頼んだよ」

「任せて！」

「はい、上昇します！」

俺は一直線に黒い敵機に向かった。丁度、直志と明音がその黒い機体の一撃を受けてぶっ倒れたところだった。俺は直志と明音の機体を守るように黒い敵機の前に躍り出た。

「ゆ……友軍か！　助けが来たのか！　は……早く助けてくれ！　このままじゃやられちまう！　さっさと倒してくれ！」

「こっちももうダメ！　動けない！　誰でもいいから助けて〜！」

二人に返事するのも面倒くさいので無視して、俺は黒い敵機を片づけることにした。

黒い敵機はすぐに持っている両手剣で俺に斬りかかってきた。俺はそれをトンファーで弾き返す。

激しく跳ね返されて、黒い敵機のライダーが動揺しているのが微妙な動きで伝わってくる。黒い敵機は動揺しながらも大きく振りかぶって攻撃を繰り出してきた。俺はその攻撃を紙一重で避けると、黒いボディーにトンファーの一撃を喰《く》らわせた。バッシュと何かが破裂するような鈍い音が響いて大きく凹むと、ブシュブシュと何かが吹き出す音をたてながら黒い敵機は地面に倒れた。

「すげ……一撃で倒した！」

「嘘、ハーフレーダー二人がかりで傷もつけられなかった相手なのに！」

直志と明音も驚いているようだが相手にしている時間が勿体《もったい》ない。俺は無言でその場を離れて、敵の殲滅に取りかかった。

十分ほどで南側の敵の殲滅は完了した。疲弊していた獣王傭兵団は役に立たず、ほとんど俺たちで片づけたのに、獣王傭兵団の団長からの言葉は……。

「余計なことをしてくれたな、完全成果制なんだぞ！　人の獲物を横取りしてんじゃねえよ！」

うわ……全滅しそうだったのによく言えるな。

「あのな！　助けてもらってその言い草は……」

そう文句を言いそうになったが、アリュナの言葉で中断した。

「馬鹿の相手してる暇はないわよ。まだ東側が残ってる」

確かにそうだ。あっちもかなり苦戦しているようだから救援に行かないと……俺はアリュナの言うように、馬鹿の相手をやめて東側へと向かった。

東側の味方はすでに一桁までに減っていた。固まって敵の攻撃を防いでいるが、このままだと時間の問題だろう。

俺はすぐに包囲している敵に向かって突撃した。敵がこちらに気がついた時には、俺のトンファーで三機の敵を屠《ほふ》っていた。それと同時にアリュナが二機、ナナミが二機、そしてファルマが三機を撃破した。

一瞬で十機の魔導機を破壊された敵軍は混乱していた——組織的な抵抗ができないうちに、俺たちは一機、また一機と倒していく……。

「貴様ら、どういうつもりだ、人の獲物を取るんじゃない！」

東側の敵を殲滅した後の友軍のセリフは、獣王傭兵団の団長と同じだった。ありがとうと言ってほしいわけじゃないけど、ちょっとどうかと思う。

「なんなの、ナナミたちが助けてあげたのに！」

ナナミですらちょっとご立腹だ。

その後、要塞のバリスタもファルマのアローで沈黙させて、ルバ要塞を完全に制圧した……そしてカークス軍の歩兵部隊が突入して、要塞の中も制圧してこの作戦は終了となった。

作戦終了後、防衛の為に移動してきた部隊と入れ替わりで、俺たちはカークス共和国の首都へと帰ってきた。すぐに軍司令部に呼び出されて、要塞戦の活躍を感謝されると思っていたのだけど……。

「バトルレコーダーの撃破記録を見せてもらった。素晴らしい撃破数だ。しかし、これが本当の数字ならな……」

「どういう意味ですか」

思わず俺はそう聞いていた。

「他の傭兵団の話では、君たちは他の傭兵団の手柄を横取りし、しかもバトルレコーダーを不正に操作して撃破数を上乗せしていると報告が入ってるのだよ」

「そんな馬鹿なことしてませんよ、誰がそんなこと言ってるんですか」

「ふっ……だがな、あまりにも撃破数が多すぎるんだよ、なんだこの撃破数百五十二というふざけた数字は……無双鉄騎団はたった四機だと聞いているのだがな……」

「四機でその数の敵を倒したんですよ。要塞を制圧したのが何よりの証拠でしょ」

「それは獣王傭兵団の活躍で制圧できたと報告を受けてるのだがな」

「はぁ？　獣王傭兵団は早々に苦戦してほとんど役に立ってませんよ」

「ふんっ……現場の指揮官や他の傭兵団の話とは違う見解だな。まあいい、どちらにしろ、君たちの撃破数をこのまま信じることはできない」

「ちょっと待てよ、じゃあ、成果報酬を貰えないってことか？」

お金の話になると敏感なジャンが必死の形相で尋ねる。

「今のままでは支払うことはできないが、一つ提案がある」

「なんだよ、提案って」

「君たちだけに単独の任務を与えたい。それを達成できれば、今回の撃破数も信じて報酬を支払うし、新たな任務の成果ももちろん支払う。どうだ、自分の力で証明できる機会だぞ」

「ふざけんなよ、都合のいいように利用してんじゃねえか！　ちゃんと成果を払えよ！」

「やらないのか？　だったら君たちとの契約は破棄だぞ。もちろん成果も払わん」

「無茶苦茶じゃねえか！」

ジャンは怒りはもっともだ、流石にちょっと酷い話だ。

「どうする勇太？」

アリュナにそう聞かれて考えたが、やっぱりその新しい任務を受けるしかないかな。単独ってことは他の傭兵団たちに嘘をつかれてこんな話にならないだろうし……。

「わかりました、その新しい任務を受けます」

「マジかよ！　大丈夫か勇太！」

「いいんだ、このまま成果を貰えないのも辛いし、どのみち新たな任務は受けるつもりだったしな」

こうして新しい任務を与えられたのだが――。

「国境の町の奪還だって……」

俺の呟きのような言葉にジャンが反応する。

「奪われまくってんだなこの国、大丈夫か」

「しかも敵の数が最低でも百機はいるそうよ」

「おいおい……それを俺たちだけで潰すのかよ」

「百五十二撃破した君たちには簡単だろ、だそうだ」

「けっ！　なんだよそれ。完全に俺たちのこと信じてねえな」

無双鉄騎団の単独任務と言っても、町の制圧などカークス軍の仕事もあることから、魔導機五機、歩兵五百名の小規模の部隊が同行することになった。

「ほほう、君たちが無双鉄騎団か。ルバ要塞の奪回戦で不正を働いたと聞いているが、今回は大丈夫なんだろうな」

小規模部隊の隊長が嫌味たらしくそう言ってくる。

「別に俺たちはルバ要塞戦でも不正なんてしてないですよ」

「ほほう、だが、獣王傭兵団などからそういう報告があったと聞いてるのだがな」

「俺たちの報告は信じないで、獣王傭兵団の話は信じるんだな」

ジャンが嫌味のようにそう言い返す。

「当たり前だ。獣王傭兵団とカークスは古くから付き合いがあるからな。どちらを信じるかなんて決まっているだろ」

なんとも理不尽な話をしているな……。

「とりあえず、俺たちカークス軍は後方で見張っているから、さっさと敵を殲滅してくれよ。まあ、ルバ要塞戦で百五十二の撃破数を誇った無双鉄騎団なら楽勝だろうがな」

ちょっとイライラしたが、結果でそれを証明すればいい。この場には虚偽の報告をする獣王傭兵団もいないから問題ないだろ。


奪還する国境の町には凄い数の魔導機が駐屯していた。

「百機どころじゃないわね、三百機はいるんじゃないの」

まずは偵察で町の様子を探っていたのだが、情報よりかなり敵の数が多そうだった。

「やばいかな」

「いえ、ハイランダーの機体はいないようだし、戦力的には問題なさそうだけど……」

「ほとんどの機体はチラキアの汎用機のバーボンですね。バーボンの性能は起動ルーディア値1200、最大出力8000、装甲Fランク、機動力Gランクで軍用魔導機の最低クラスの性能ですから……私たち無双鉄騎団なら文字通り無双できると思う」

ファルマが敵の機体を見てそう情報をくれた。

「さすが魔導機マニアのファルマだ、情報ありがとう」

そう俺が礼を言うと、ファルマは顔を赤くして照れた。

攻撃を開始する為にライドキャリアに戻って出撃の準備をしていると、アリュナが声をかけてきた。

「勇太、ちょっとこの武器を使ってみないか」

そう言って見せてきたのは両端に大きな刃が付いている槍のような武器だった。

「それは？」

「ダブルスピアだよ、今回は敵の数が多いからね。攻守のバランスが良いトンファーより、殲滅力があるこの武器の方が合っていると思うのだけど、どうかな」

「なるほど、わかった使ってみるよ」

アリュナのおすすめで俺はトンファーからダブルスピアに装備を変更した。


作戦は要塞戦の時とあまり変わらず、俺とアリュナとナナミで敵に突っ込み、ファルマが上空からポンポンとアローを撃つという単純なものだった。これを作戦と呼んでいいのかすら怪しいが……。

接近に気がついた敵の魔導機が一斉に動き出す——俺たちは一気に加速して敵の集団に突っ込んだ。

ダブルスピアをクルクル回転させながら敵の機体を斬りつける——ダブルスピアの刃が触れるだけで敵の機体はスパッと斬り裂かれ、タイミングが良ければ真っ二つに分断される……。

「凄い切れ味だな……」

「いや、普通はそんなに斬れないわよ。おそらくルーディアの補正効果だと思うけど、やっぱり勇太のはルーディア値は気になるわね」

「ルーディア値って攻撃力にも影響するんだ」

「そうよ、魔導機の全ての能力に影響しているのよ」

「そうなんだ」

と、こんな会話をしながらも俺たちは敵をなぎ倒していた。ファルマの言うように、文字通り無双状態である。

ファルマのアローだが、前より格段に連射スピードと精度が上がっている。下手すると一番撃破数を稼ぐ勢いだ。ナナミの剣技も大きく向上していた。踊るように戦うスタイルはアリュナのを参考にしているのかリズム良く敵を斬り裂いていく。

戦闘開始から一時間――敵の半数以上を戦闘不能にすると、こちらの力に脅威を感じたのか敵の攻撃が鈍くなってきた。

「さすがにこれだけ無双すると、敵さんもビビり始めたようね」

敵の動きの変化を見てアリュナがそう言う。

「もう少し倒せば逃げそうだな」

「ナナミ、もう疲れたから逃げてくれると助かるな」

「私も疲れた……」

ナナミとファルマの言うように、いくら無双状態と言っても疲労は蓄積される。一時間も戦えばそりゃ疲れるよな。

「よし、もうひと踏ん張り頑張って撤退に追いやろう！」

俺の言葉に、みんな良い返事をしてくれた。

「おう！」

と、ビビっている敵に攻撃を再開したのだけど……。

さらに多くの敵を撃破して、撤退寸前のその時、東側から凄い勢いで近づく魔導機部隊がいた。

最初は敵の増援かと思ったのだが、その魔導機に見覚えがある。

「どうして獣王傭兵団が出てくるんだ」

そう、その部隊はあの獣王傭兵団だった。

「援軍要請に応じて来てやったぞ！」

獣王傭兵団の団長がそう言うが、援軍など頼んでない。

「いや、援軍なんて要請してないけど」

俺がそう言うと、意外な言葉が帰ってきた。

「お前たちからではない、同行しているカークス軍の下士官からの要請だ」

「はぁ？」

どうやら同行して、後ろで待機しているカークス軍が獣王傭兵団に援軍を要請したみたいだ。なんだよそれ……。

「ちょっと待て、今回は俺たち無双鉄騎団の単独任務だ。援軍なんて必要ない」

すでに勝負はついているのに本当に援軍なんていらない。

「ふっ、ルバ要塞戦では助力の必要のない我々を助けるフリをして獲物を横取りしたお前たちがそんなこと言う権利などない！」

いや、いや……あの時、助けなかったらあんたらやばかったろうに……。

そんなバカらしいやり取りをしていると、獣王傭兵団の登場でさらに劣勢になると判断した敵軍は、すぐに撤退を始めた。

ほとんど俺たち無双鉄騎団が制圧したはずの国境の町の奪還作戦は、なぜか獣王傭兵団の活躍で奪還したことになっていた。

「どういうことだよ！　俺たちが敵をほとんど倒してるんだぞ！　バトルレコーダーを確認すればわかるだろ！」

ジャンが怒りの抗議を、カークス軍の司令官にぶつける。

「ふっ……お前たちはバトルレコーダーの数値を改竄《かいざん》する技術があるようだからな。そんなのは信用できん」

「どうやってバトルレコーダーなんて改竄できるんだよ。そんな話聞いたこともねえよ！」

「我々もそんな方法などには興味はない。だが、そもそも今回の撃破数も二百二十一機などと現実ではありえない数字だったのだぞ。現場の下士官からは敵の総数は百機ほどだったと聞いているのに矛盾しているだろ！　改竄して嘘をつくならもっと現実的な数字にするんだったな」

「そもそも単独の任務だったのにどうして獣王傭兵団が援軍に来てたんだよ！　おかしくねえか！」

「それは現場の下士官が気を利かせたようだ。お前たちだけではあまりにも可哀想だと思ったそうだ」

「誰がそんな余計なことしろって言ったんだよ！　……チッ……それより、成果報酬はどうなるんだ」

「今回も獣王傭兵団の活躍があったということで保留だ。次の作戦で証明するがいい」

「なんだよそれ！　納得できるかよ！　勇太、お前も何か言ってやれ！」

「ジャン……何を言っても無駄だよ。ここは引き下がろう」

「しかしよ！　金が入らねえんだぞ！」

「いいんだ、次で証明すればいい。だけど司令官さん、次の任務で俺たちの力を証明したら、今までの撃破数をまとめて払ってもらいますからね」

「ふんっ、もちろん証明できれば払うとも。存分に頑張ってくれたまえ」

かなりイライラしながら俺たちは自分たちのライドキャリアへ戻ってきた。

「勇太！　ちょっとお人好《ひとよ》しすぎるぞ！」

ジャンの怒りはまだ収まらないようだ。

「俺の国にこんな言葉があるんだ『仏の顔も三度まで』ってね。次も同じような結果ならカークスは見限って他に行こう」

遠くを見るような真剣な表情でそう言うと、ジャンも渋々黙った。

「面白い言葉だね。四度目はないってことだね。まあ、そうした方がいい、ちょっと獣王傭兵団とカークス軍の裏で何かあるみたいだしね。国境の町での援軍のタイミングはおかしすぎる」

アリュナが言うように、俺たちを陥れる何かの力が働いたように思える。本当なら今回で見限ってもいいくらいだけど、日本の古い言葉に従って最後にもう一度だけ機会をやることにしたのだ。

その日は、俺たちだけで祝杯をあげた。勝利したのは間違いないし、誰にも認められなくても自分たちでそれを知っているから十分だ。

祝杯といっても、ナナミとファルマはお子様なので果実ジュースで乾杯して、俺は軽いお酒を飲まされた。この世界では十六歳で成人らしく、俺はギリギリ飲める年齢だと無理やりお酒にされたのだ。

「たくよ！　なんだよ獣王傭兵団って！　俺たちの方が百倍強いってんだ！」

「なんだよ、ジャン、お前が一番怒ってるよな」

「当たり前だ！　俺はただ働きが一番嫌いなんだよ！」

そんなジャンの怒りに対してアリュナは冷静な表情で大人なお酒の飲み方をしながら……。

「確かに収入はないけど、それよりもっと有益な物を私たちは手に入れてるよ」

「なんだよ、金より大事なものか？」

「まあ、ある意味ね」

「でっ、それはなんなんだ」

「戦闘の経験だよ。二回の大きな戦闘で、私たちの技量は大きく向上している。それは傭兵団としては財産となると思うけど」

「確かにそうだけどよ。金も欲しいって！」

「まあ、カークスがダメなら次で儲ければいいだろ。国はいっぱいあるんだから」

「勇太、お前ってポジティブだよな……」

「それは昔からよく言われる」

「さすがは私が惚れた男だよ。それくらいドンと構えていてくれないとね」

「へんっ、俺がなんかケチな小さい男みたいじゃねえか」

「実際にそうでしょ。まあ、あんたみたいなタイプもいないと破産しそうだから、いてくれて助かるけどね」

「ふんっ、まあいいけどよ。それより、俺の育てた肉誰か食ったか？」

ジャンが肉を焼いている鉄板を見てそう言う。

「な……ナナミ食べてないよ！」

「ほほう……俺はよく焼いた肉が好きだから端っこで大事に育てて焼いていたんだが、その肉をナナミが食べたんだな……」

「だから食べてないって！」

「嘘つくなこの食いしん坊が！」

ナナミとジャンの肉の取り合いの話は無視するとして、とにかく、カークスでの活動は次で最後になるかもしれない。あの司令官の調子だとその可能性は高いかな……まあ、そうなっても良しとしよう。アリュナの言うように俺たちは経験値というお金より大事なものを得ているから。

六章

心のざわめき

◇

レイピアで敵機の頭部を貫く。頭を失った機体は後ろに力なく倒れていく。もうどれくらい倒しただろうか。すでに正確な数はわからなくなっている。

「百機いた敵軍が一時間で全滅だと……いくら大陸最強のエリシア軍でも凄すぎる……特にあの漆黒の機体！　トリプルハイランダーとは化け物か！」

言霊箱から、同行している友軍であるテイム軍の士官の感嘆の声が漏れる……これの何が凄いのかわからないけど、効率良く敵を倒せるようになったのは間違いないかもしれない。

「結衣、なかなか手慣れてきたわね。もう私じゃかなわないわね」

初陣から共に戦っているダブルハイランダーのエミナがそう褒めてくれる。

「まだまだエミナにはかなわないわよ。今回も撃破数ではあなたの方が多いでしょ」

「質が違うわよ、あなたは敵のエースのハイランダーを二人も倒してるのよ」

「たまたま私の方と出会っただけよ。エミナと遭遇してたらあなたが倒したでしょう」

「また、そんなこと言っても晩ご飯は奢《おご》ってあげないからね」

エミナとはかなり気が合い、この世界に来てからの一番の友達になっていた。戦いでもプライベートでも一緒にいる時間が長く、気心も知れてきた。

「結衣様、エミナ様、将軍が呼んでいますので後で司令ライドキャリアへ来てください」

エリシア帝国の属国のテイムと、フーリジ王国の戦争の激戦地であるジムリア戦線へと私は派遣されていた。すでに戦局はテイムへと向いており、勝利は時間の問題だと周りが言っているので帰還の話だろうか……。

「このまま、二人には魔導機部隊を引き連れてチラキア帝国へと向かってもらいたい」

「チラキア帝国……確か最近エリシアの属国になった国ですよね」

どうやらエミナはその国を知っているようでそう言葉を返した。

「そうだ、チラキア帝国は今、カークス共和国と戦争中なのだが、劣勢のようで援軍の要請があった」

「つい最近までは優勢だと聞いてましたけど」

「強力な傭兵団が参戦して戦局が変わったようだ」

「強力な傭兵団……まさか剣聖の……」

「いや、さすがに剣聖率いる剣豪団はそんな小さな戦争には参戦せんよ。カークス共和国に味方しているのは獣王傭兵団という名の傭兵団だ」

「聞いたことない名ですね」

「確かに無名だが、たった二回の戦闘で、チラキア帝国の総兵力の三分の一を撃破したそうだ」

「そんな戦果を傭兵如《ごと》きが……」

「チラキア帝国のハイランダーの黒のヘイブンも倒されたと聞く。結衣とエミナなら大丈夫だと思うが、油断せぬようにな」

　私とエミナは五十機の魔導機を率いて、チラキア帝国へと向かった。五十機の魔導機はエリシア帝国の中級汎用機のルーダンクラスの魔導機で、全てが起動ルーディア値３０００と量産機にしては高性能の精鋭部隊であった。

「これは、これは――エリシア軍の方々、このような場所へ遥々《はるばる》援軍ありがとうございます」

　チラキア軍の司令官が丁寧に頭を下げてくる。エリシアの属国ということなので、かなり丁重な扱いを受ける。

「それで我々はどこの敵を倒せばいいのですか」

　エミナがそう聞くと、司令官は恐縮して答えた。

「まずは国境を越えて侵入してきたカークス軍の前線部隊を叩いていただけますか」

「わかりました、早速向かいましょう」

「それではチラキア軍からは百機の魔導機を同行させましょう」

　すぐにそう申し入れがあったがエミナは冷静な表情でこう答えた。

「いえ、逆に戦いにくいので同行は必要ありません」

「えっ！　しかし、カークス軍は二百機以上の大軍ですが……」

「問題ありません」

キッパリとそう言い切るエミナに、司令官もそれ以上何も言えなくなった。確かに正直言うと、連携などを考えると他の軍は邪魔にしかならないような気がする。

カークス軍は、チルニという地方まで侵攻していると情報が入ったので、すぐにそこへ向かった。

「五機一隊で行動するように。あとは自由に殲滅してかまわない」

エミナは戦闘前に、部下のライダーたちにそれだけ指示をした。

「私はどうするの？」

「結衣は自由に動いて。一人でウロウロしても危険はないでしょ」

「それは信頼されてるって思っていいの？　考えるのを放棄されてるだけにも感じるけど」

「まさか、自由に動いてもらった方が大きな戦果が期待できるって思ってるのよ」

「変なプレッシャーだけはかけるよね」

「それだけあなたの力を認めてるんでしょ」

どうも誤魔化されているようだけど、信頼してくれているのは間違いなさそうだ。

私たちは五機一隊で周囲に散らばるように展開すると、二百機以上の大軍に襲いかかった。

私は単独で動いて、目についた敵を撃破していく。遅い！　敵の動きはスローモーションで動いているようにゆっくりと見える……まず、敵の攻撃は当たらないし、私のレイピアの突きは一撃で敵機を行動不能にする。

エミナも単独で動き、もの凄いスピードで撃破数を稼いでいく。部下のライダーたちも精鋭だけあって敵の魔導機を圧倒している。バンッ！　ドカッ！　と敵が撃破される音が周囲に溢れた。

二百機の魔導機は、ものの数十分でスクラップへと変わり、こちらの損害はゼロである。あまりにも手応えがない……エリシアと対等に戦える敵などいるのだろうか。そんな疑問すら抱くようになっていた。

◇

何やら大きな戦況の変化があったようで、カークス軍が慌てた様子で司令室に来るように俺たちに伝えてきた。

「あれだけ酷い仕打ちしておいて、呼びつけるの躊躇しないよな」

「多分、向こうは酷い仕打ちとは思ってないんだよ」

「勇太の言う通りだね、悪気すら感じないほど頭の中は空っぽなんだろう」

そんな愚痴をジャンとアリュナと言い合いながら司令室に来ると、各傭兵団と正規軍など多くの人が集まっていた。

「チラキアに侵攻していた前線の軍が全滅した。魔導機二百機の大軍だったが、ものの数十分で全滅したとの報告が入った」

司令官はそう皆に報告した。まあ、だからなんだと思ってしまった自分に、カークス軍に良い感情を持っていないことを実感した。

「不確定の情報だが、どうやらチラキアは強力な援軍を呼んだようだ。そんな強力な部隊を放っておけばこの先危うい状況になるだろう……そこで、その敵援軍部隊を全力で叩き潰すことにした。全傭兵団とここにいる正規軍での大規模殲滅作戦を実施する」

「敵の数はどれくらいなんだ」

獣王傭兵団の団長がそう尋ねる。

「援軍部隊は魔導機五十機ほどだが、チラキア軍百機ほどが同行しているらしい」

「それに対してこちらの戦力はどうなんだ」

「全傭兵団九十機と正規軍百五十機だ」

「ふっ、楽勝じゃねえか、これは稼ぐチャンスだな」

戦力差を見て獣王傭兵団の団長がそう言うが、敵の援軍が二百機を難なく全滅させているって情報忘れてないか？

「おい、勇太、まだ生き残ってんだな」

「本当、運だけはあるようね」

直志と明音が俺を見つけてそう声をかけてきた。

「まあな、運は昔からいいからな。お前たちも俺に負けず劣らず運がいいようだな」

「なぁ！　運だと！　俺たちはハーフレーダーだぞ。実力で生き残ってんだよ！」

「そうよ、ルーディア値２のあんたと一緒にしないでよ！」

「そうか？　実力者とは思えない『誰でもいいから助けて～』なんて情けない声を聞いたもんだか

らな、もしかして運だけで生き残ってるのかと思ったよ」

「ど……どうしてそれをお前が！　いや、そんなわけないだろ。俺たちがそんなこと言うわけねえだろ！　誰かの声と間違ってるんじゃねえか！」

「まあ、いいけどな。それより、今回の敵はかなり強いかもしれないぞ。あまり人の足を引っ張ることばかり考えてると危ないってお前たちの団長に伝えておけよ」

「ル……ルーディア値２のお前が偉そうに！」

とりあえず昔のクラスメイトのよしみで警告だけはしてやった。


大規模殲滅作戦はすぐに発動され、俺たちも戦場となる国境のチルニ地方へと向かった。

「なるべく獣王傭兵団とは別行動した方がいいね」

無双鉄騎団で作戦の話をしていると、アリュナがそう提案してくる。

「だな、あいつらは信用できない。カークス正規軍も信用できんから単独で動いた方がいいだろうな」

「俺もそう思う。一緒に戦うのは無双鉄騎団の仲間だけで十分だよ」

「ナナミもみんなと一緒なら安心だな。他の人たちはナナミたちを馬鹿にしてるから嫌だ」

「私も……みんなと一緒ならそれでいい」

全員一致で、今回の作戦は無双鉄騎団の単独での行動が決まった。本当なら単独行動の方が危険だと思うけど、現状だとそっちの方が安心できるってのも妙な話だ。

「勇太、今回は魔光弾はいざって時の為に取っておいた方がいいね」

出撃準備をしていると、アリュナがそう助言してくる。

「そうだな、撃ちたい時に撃てなかったら困るよな」

確かに魔光弾は連射ができないので、何かの時の為に使わないでいた方がいいだろう。俺もその助言に同意した。

戦場はチルニ地方の広い範囲になりそうだった。カークス正規軍が中央から侵攻して、他の傭兵団は東から中央に進むと情報が入ったので、俺たちは迷わず西から侵攻するルートを選んだ。

「おいおい無双鉄騎団、ビビってそんな隅っこに行くのか」

言霊箱の長距離チャンネルで獣王傭兵団の団長が嫌味を言ってくる。

「どこかの傭兵団と一緒だと怖いんでね。悪いけど単独で行動させてもらう」

ジャンがそう返信するとさらに嫌味な感じの言葉が返ってきた。

「怖いのは敵の援軍だろ。まあ、大人しく隅っこで震えてな」

その言葉には返信せずにジャンも無視した。今回は距離もあるので獣王傭兵団に何かあっても助けることはできないだろうし助けたくないっていうのが本音であった。

◇

チルニで敵の大きな軍を打ち破った私たちは、チラキア軍と合流して、カークスへの侵攻準備をしていた。

「結衣、あなたも女の子なんだから、戦場でももう少しお洒落《しゃれ》したらどうなの」

私がダボダボした服にボサボサの髪で朝の挨拶をすると、エミナがそう言ってきた。

「う……確かにそうね。でも、どうせ軍服に着替えるし、自分のライドキャリア内では楽な格好でいたいわよ」

私たち上級ライダーは特に服装について何も言われることはないけど、部下たちに示しがつかないという理由で私もエミナも普段は軍服に着替えていた。

「ここだって部下が出入りするんだからちゃんとしないと」

「もう、わかってるよ」

「そもそも結衣って私服、全然持ってないよね」

「そりゃ、こっちの世界に来てまだ日が経《た》ってないし……」

「そっか、そうだ、帝都にいいお店があるんだ。帰還したら一緒に行こうか」

「えっ、本当？　やった、服が欲しいとは思ってたんだ」

「だったらさっさと敵を倒して帰らないとね」

そんな話をしていると、チラキア軍から緊急の連絡が入った。

「大規模な敵軍がこちらに向かっているそうです」

「大規模……その軍には獣王傭兵団は含まれているのですか」

エミナがそう尋ねると、チラキア軍の司令官は部下から来た情報を見てこう答えた。

「はい、獣王傭兵団もその軍に含まれているそうです」

「それは好都合ね、結衣、すぐに戦いの準備よ。獣王傭兵団を片づけて帝都に戻りましょう」

そう言う彼女は満面の笑みを浮かべていた。


私たちは敵軍を迎え撃つ準備をして、チルニに布陣した。

「敵軍は三方向からこちらに向かってくるようです」

チラキア軍から敵軍の動きが伝わってきた。

「三方向……獣王傭兵団はどこから来るかわかりますか」

「スパイの情報では獣王傭兵団は東から侵攻するとのことです」

「他の方向からはどれくらいの敵が来ていますか」

「中央からはカークス本軍が百機以上、西からは……これは陽動か何かでしょうか、無双鉄騎団という傭兵団が単独で侵攻してくるようなのですが……魔導機四機と情報が入っています」

「そう、それでは、チラキア軍は中央のカークス本軍を迎え撃ってください。我々は部隊を二つに分けて西と東の敵を叩きます」

エミナはそうチラキア軍の司令官に伝えると、部下と私にこう指示した。

「私と結衣と、分隊二つは東の獣王傭兵団を叩き潰す。残りは西の敵を倒して、その後、中央の援軍に向かいなさい」

強敵は獣王傭兵団だけだとエミナは思っているようだ。先の戦いを見る感じだと私もそう思うけど……。

　東側に移動して敵を待ち構えていると、百機ほどの魔導機の姿が見えてきた。あれが獣王傭兵団、情報ではかなりの強敵だと聞いている。油断しないようにしないと……。

「結衣、分隊を連れて右に回って、私は左から行くわ」

「了解よ。気をつけてね、エミナ」

「そちらこそね」

　私は一気に加速して敵軍の中に突入した。狙い通り敵は私に集中する。そこへ部下の分隊が襲いかかる。エリシアのライダーは、末端においても優秀だ。さらに私の部下たちはその中でも選《え》りすぐりのライダーたちで、並の魔導機など敵ではない。凄い勢いで敵魔導機を蹴散らしていき、地面に転がるのは敵機ばかりであった。

　分隊五機の強襲で、いきなり二桁の敵機を潰す。私も陽動の的になりつつも、射程に入ってきた敵を容赦なくその手に持つレイピアで撃破していく――。

　脆い、これがあの噂の獣王傭兵団。まさかこの程度なの？

　私と部下の分隊で敵の半数を倒したところでエミナからも通信がくる。

「結衣、少し様子がおかしいわ、獣王傭兵団がこんなに弱いわけない。もしかしてチラキアの情報に誤りがあるかもしれない」

　私も同じように思った。情報の誤り……そうなると本当の獣王傭兵団はどこに……その疑問は、西へ向かわせた部下からの通信で判明した。

「ズズ……ズ……。ば……化け物だ……なんだよこの強さは……。ズズ……。に……西の分隊は全滅！　……た……助けてくれ!!　ザーザー……ズズ……」

そう言って通信は切れた。

「まさか！　くっ……もっと早く気づくべきだったわね。西から攻めてくる敵が少なすぎると思ったけど、魔導機四機なんてありえなかったのよ。西にいる敵軍が本命！　獣王傭兵団で間違いないわ！」

「どうする、エミナ、すぐに西に向かう？」

「今すぐに西の分隊を助けに行っても間に合わないわ。まずはここを片づけましょう」

私たちは東の敵軍を殲滅し始めた。圧倒的な力の前に、敵は一方的に殲滅されていく。そして、もう勝ち目がないと判断したのか、敵は一目散に逃亡し始めた。

「逃げたわね。まあ、いいわ。その方が都合がいい。雑魚は放っておいてすぐに西に向かいましょう」

エミナの判断に私も同意した。

◇

「よし！　これで十機目！」

今回の戦いも武器はダブルスピアにしてみた。敵の攻撃は避けることが多く、受けて防ぐ機会があまりなくなったので殲滅力を優先したのだが、やはりサクサクと敵を倒せてストレスフリーで良い。

「勇太、調子いいみたいだけど油断しない方がいい。この敵、今まで戦ってきたチラキア軍と違って動きに無駄がないし、連携や統制が取れててかなり強いよ」

「確かに……俺の攻撃も何度か避けられたりしたからな……」

「まあ、それでも油断しなければ私たちの敵じゃないけどね」

アリュナの言うように、そんな強敵の部隊にも目に見えた苦戦はなく、ナナミやファルマも次々と撃破数を増やしていく。

そんな順調な戦いの最中、長距離通信であの嫌な声が聞こえてきた。

「ガガ……ガ……た……助けてくれ！　え……援軍を要請する！　東にとんでもない強い部隊がいるんだ！　何やってるんだ、無双鉄騎団！　早く助けに来い！　いや……た……助けてください！　ザザ……」

獣王傭兵団の団長の声だ。切羽詰まっていて、なり振り構わず助けを求めている。

「悪いがこちらからは距離があり、救援は不可能、どうぞ」

俺は冷たくそう返信した。まあ、事実だしね。

「くっ……前の戦いで援軍に来てやった恩を忘れやがって！　ぐっ……獣王傭兵団は戦略的撤退をする！　この戦いに負けても俺たちのせいじゃねえからな！　救援に来なかったお前たちが悪いん

だからな！」

「どうぞ、勝手に逃げ出せよ」

もう相手にするのも嫌だったのでそう返事したのだが……。

「あらら、あの感じだと、この戦いに負けたらウチらのせいにしそうだな」

アリュナにそう言われて俺もそう思ってしまった。しまったな、もう少しやんわり言えばよかったかな……いや、どう言っても一緒だろ、そう思い直した。

気を取り直して、残りの敵の殲滅に取りかかった。その後も多少の抵抗を受けたけど苦戦するほどではなく、次々敵を撃破していき、最後の敵をファルマのアローで撃ち抜いて殲滅が完了した。

「よし、殲滅完了だな。次はどうしよう。少し休んだら中央に向かおうか」

「そうね、とりあえずは休憩しましょう。東に強い部隊がいるみたいだし、万全の態勢を整えましょう」

魔導機の操縦席には、長期戦に備えて飲料水や携帯食なども持ち込んでいた。さらに魔導機の起動動力を利用した保冷庫に飲料水を入れておくと、キンキンに冷えた状態で飲むことができる。

俺は保冷庫から飲み物を取り出し、それを飲みながら少し休息を取った。さらに携帯食も取り出し、戦いに備えて栄養補給もする。

そんな休憩中、不意に何とも言えない胸騒ぎを感じる。胸がドキドキと妙に高鳴り始め、不安とも期待とも思える異常な興奮状態へと心が染まっていく。おかしい話だけど、結局、実行することはできなかった白雪結衣への告白……もし、それが実行されたら、こんな気持ちになったんじゃないのかと不意に思ってしまった。

その意味不明の感覚はどんどん大きくなり、こちらに近づいてきているようだった。危険な感じも含んでいるその存在を無視することはできない。俺は仲間に警告した。

「みんな、ちょっと待って！　何か来る！　妙な感じだ……」

その説明できない感覚だが、他のみんなは感じていないようで、俺の言葉に混乱する。

「どうした、勇太、何を感じてるの？」

「ナナミも何も感じないよ」

「えっ、私も……わかんないな……」

最後にファルマがそう言った瞬間、不安な感覚はマックスとなり、電気が体中を駆け巡ったような衝撃を受ける。俺は衝撃をもたらした存在が近づくその方向を見た。その瞬間、木々がひしめく森の奥から、わらわらと十機ほどの魔導機が飛び出してきた。

「来たぞ！　早い！」

敵の動きはかなり早かった。特に漆黒の機体は今まで見たこともないくらいのスピードでこちらに接近してくる。俺はすぐに反応して、アルレオを起動させ、漆黒の機体を迎え撃った。

「アリュナ、そっちからも来てる！　気をつけろ！」

そう言いながら漆黒の機体から繰り出される細身の剣の連続攻撃をダブルスピアで受け止める。細身の剣の一撃は軽い攻撃のように見えたが、ダブルスピアに伝わる衝撃からすると、侮れない威力を感じた。

「つ……強い！　こいつら普通の敵じゃない！　油断するなよ！」

「私も今、それを実感してるとこだよ。連携もできてて、かなり手強《てごわ》い！」

アリュナは五機の敵機を相手に戦っていた。一機一機はアリュナの敵ではないのだろうが、的確な連携攻撃でアリュナのベルシーアを追い詰めていた。

漆黒の機体の攻撃をがむしゃらに防いでいると、いつの間にか仲間たちとどんどん離れていってしまっていた。周りには味方も、漆黒の機体以外の敵機もいなくなり、完全な一騎打ちの状態になった。

漆黒の機体の強烈な一撃を弾き返すと、お互い反動で後ろに下がり間合いができる。刹那の睨み合い——お互いに相手の次の行動を予想して警戒したのか、動きが停止する。

まだそれほど時間は経過していないが、なぜか酷く疲れる。額から汗が流れ落ち、緊張と疲労で体が硬直していく。試合と戦闘の違いか、アリュナと試合した時でも、こんな緊張はなかった。それとも相手のプレッシャーがアリュナより上ってことなんだろうか……。

それともう一つ、妙な気配を感じていた。それは戦闘のプレッシャーとは真逆の感覚で、どちらかと言うと、楽しみにしていた映画を見る直前、好きな漫画の発売日など、嬉しいドキドキのようなもの。二つの感覚が混ざり合って、なんとも複雑な心境であった。

先に動いたのは漆黒の機体であった。離れた間合いを一瞬で詰めると、神速の一撃、脅威の速さの攻撃で、アルレオの腹部を狙って正確に細身の剣を打ち込んできた。偶然とも言える動きでそれを避ける。しかし、さらに早い二撃目が頭部を貫く為に打ち込まれる。首を捻ってなんとか避けるが剣先が頭部の横をかする。

一度劣勢になると、立て直すのはなかなか大変だ。そこから漆黒の機体の猛攻撃が始まる。怒濤の連続攻撃に対して、ダブルスピアで受け止めるのが精一杯であった。

漆黒の機体の一撃一撃をダブルスピアで受けるたびに、なぜか学校生活がフラッシュバックする——最初に浮かぶのはクラスの自己紹介で白雪の存在を知った時。次の一撃では、初めて白雪に声をかけられた時。さらに強い一撃を受けると、白雪結衣を好きになったあの出来事……放課後の学校近くの公園。泣き叫ぶ女の子に声をかけながら、白雪はそれほど管理の行き届いてない浅い池に入り、必死に何かを探していた。池の底は泥が溜《た》まっているのか、服やあの綺麗な白雪の顔は泥だらけになっていた。状況から見ると、女の子が池に落とした大事な物を彼女が探してあげているようである。泣く女の子に声をかけながら躊躇なく汚い池をあさる白雪の姿は、眩《まぶ》しいくらいに美しかった——。

そんな思い出を吹き飛ばすような強烈な一撃が撃ち込まれる。なんとかそれも防ぐが、途轍《とてつ》もないスピードの攻撃にまた防戦一方になった。このままでは反撃もできないので、俺は少し思い切った行動に出た。一度間合いを取る為に地面を蹴って後ろに飛んだ。その行動は予想できなかったのか、漆黒の機体は一瞬動きが止まる。その隙をみて、今度は地面を蹴って前へと跳躍した。接近すると、ダブルスピアを突き出して攻撃する。

驚異的なことに、漆黒の機体はそのダブルスピアの攻撃を細身の剣で弾き返した。

ガキーン！　と高い音が響いて、アルレオと漆黒の機体は反発するように弾け飛ぶ。

少し距離が開いた隙に周りの状況を確認する。アリュナは複数の機体と交戦中だ。ファルマは上空からアリュナを援護している。ナナミは紫の機体と戦っているのが見えた。パッと見た感じだがナナミが押しているように思う。

漆黒の機体が一気に間合いを詰めてきた。また細身の剣の連続を繰り出されたら厄介なので、先手を打って、ダブルスピアを半回転させながら両刃を使って連続攻撃を繰り出した。

漆黒の機体は体を捻って俺の攻撃を避けると後退する。それを追っていくように連続攻撃を続けた。

漆黒の機体が後退を止めて細身の剣でダブルスピアを受け止める。俺は力を込めてそのまま強引に前に進んだ。パワーはアルレオの方が上のようで、ジリジリと漆黒の機体を後ろへ押していく。このまま後ろへ押し倒そうと思ったのだけど、アルレオの後ろに回り込んできた敵機の集団にそれを邪魔される。

「くっ！　新手か！」

後ろから攻撃してきたのは五機の魔導機であった。雑魚と呼ぶには余りあるその動きに、漆黒の機体への攻撃は諦めて対応するしかなかった。

五機の敵機は見事な連携で、俺を翻弄する。やばい、このまま漆黒の敵機も攻撃してきたら防ぎきれない――そう懸念したがその心配はなかった。それは紫の機体とナナミの戦いが佳境を迎え、ナナミの猛攻で紫の機体が絶体絶命の状況にあるのを漆黒の機体のライダーが気づいたようで、そちらを助けに向かったからだ。

漆黒の敵機はナナミのヴァジュラに急接近して細身の武器で攻撃を開始した。ヴァジュラはその攻撃を盾で防ぎ、剣で応戦する。ナナミに押されていた紫の機体は体勢を立て直し、後方からヴァジュラに襲いかかる。漆黒の機体ほどではないが、紫の機体もかなりのスピードだ。このままではナナミがやばい！　俺はすぐに手助けすべく動こうとしたが、五機の敵機がその行く手を阻む。

アリュナも俺と同じように五機の敵機と戦闘中で動けそうにない。俺は上空にいるファルマにこう指示を出した。

「ファルマ、ナナミが危ない！　アローでナナミを援護してくれ！　ナナミ、俺が行くまで持《も》ち堪《こた》えてくれ！」

「うっ……うん！」

強敵二機を相手に、ナナミは互角の戦いを見せていた。逆に言えばトリプルハイランダーのナナミ相手に互角に戦える敵とは……。

こちらを早く片づけないと。俺はダブルスピアで近くの敵機を貫く。不意を突かれたのもあり、簡単に串刺しになる。アリュナもこの集団の危険性を感じたのか、急いで周りの敵を片づけ始めた。

しかし、さっきと同じようにこいつらも並の敵じゃない、簡単に倒せそうにないが……。

ダブルスピアで斬りつけると、右手を犠牲にしてそれを受ける。その隙に敵機の一機が体当たりしてくる。少しバランスを崩したのを狙って、二機の敵が剣と槍で攻撃してきた。俺はその攻撃を体を捻って避けると、体当たりしてきた敵機をダブルスピアで真っ二つに斬り裂いた。

やっと二機……。

仲間が切り裂かれたのに動揺したのか、一体の敵機が少し後ろに下がったので、俺はその敵との間合いを一気に詰めた。そしてダブルスピアで貫く。そんな俺のアルレオを別の敵機が後ろから攻撃してきたので、ダブルスピアをそのまま引き抜いて後ろの刃でそいつも貫いてやった。

残り一機……。

最後の一機を片づける為に加速して接近する——そいつは逃げたり避けたりしないでこちらに体当たりしてきた。意外な行動に一瞬動揺して動きが鈍り体当たりをまともに受けてしまった。

くっ……しぶとい！

そのままその敵機は俺にしがみついてくる。それを引き剝がして地面に叩きつけると、ダブルスピアでとどめを刺した。

「キャー！」

ナナミの悲鳴が聞こえてゾッとする。俺は言霊箱に向かって叫んだ。

「ナナミ！　大丈夫か！」

少しの間をおいて、ナナミの声が聞こえてくる。

「う、うん……ちょっとかすっただけ！　でも、この敵、強いよ！」

ファルマのアローで援護されていても、敵二機の攻撃に晒されているナナミは防戦一方になっていた。俺はすぐにその戦いの救援に駆けつけようとした。

しかし、次に俺の目に飛び込んできたのは、紫の機体に動きを封じられ無防備になったヴァジュラが漆黒の機体の細身の剣に貫かれようとしている姿であった。

「ナナミ！」

俺はとっさに魔光弾を構えた——そしてヴァジュラに当たらないように漆黒の機体を撃ち抜くイメージを操作球に送った。

バッシューン！

光の一線が伸びていき、攻撃態勢だった漆黒の機体の肩の部分を貫き右腕を吹き飛ばした——その反動で紫の機体もヴァジュラから離れる。その瞬間をナナミは逃さなかった。最小限の動作で右手の剣を振り、紫の機体の胴部を貫いた。

ナナミの剣が紫の魔導機の胴部を貫いた瞬間、強烈な人の叫び声が聞こえてきた。それは悲しみと怒りに溢れた大きな声で、胸の奥を抉《えぐ》り取《と》られるような感覚を伝えてきた。なぜかその瞬間、泣きそうな白雪の顔が頭に浮かんだ。

◇

東の敵を一掃した私たちは、後方に待機させていた高速ライドキャリアで西に向かった。

「中央は劣勢のようね。早く西の獣王傭兵団を片づけて救援に向かわないと全滅しそうだわ」

エミナがビーコン水晶の表示を見ながらそう言う。

ライドキャリアの移動中に、水分を補給して戦いに備える。相手はうちの精鋭部隊を殲滅させた強敵だ、十分に準備をしないと……。

うちの分隊が全滅させられた辺りに到着すると、私たちは魔導機に乗り込んで敵軍を探した。

「見つけたわ！　でも四機しかいない……どういうこと？」

「どうするエミナ、向こうは気がついてないようだけど、もう少し様子を見る？」

「いや、今のうちにあれを叩きましょう。第一分隊は私と結衣に続いて攻撃に参加、第二分隊は後方で待機後、時間差で強襲攻撃。四機だけど油断しないで。敵はあの獣王傭兵団なのを忘れないで！」

エミナの指示で部下もすぐに動き出す。私もエミナと一緒に敵機に向かった。

加速して接近していくと、向こうもこちらに気がついたようだ。すぐに反応して反撃の行動をとった。ここで私は妙な違和感を覚えた。嫌な予感というか少しフワッとした心地よい感覚――その後に何か胸に刺さるような痛みをズキッと感じる。ふっ……初めての強敵に緊張してるのだろうか……だけど、緊張している暇はない！　今は敵に集中しないと――。

私は白い魔導機に接近すると、レイピアの連続突きで攻撃した。通常の敵ならそれで終わりなのだが、この相手は今まで防がれたことのないこの攻撃を、両刃の妙な槍で器用に受け止めた。

白い敵に必死に攻撃を繰り出していたら、エミナや部下たちと少し距離ができてしまっていた。私は早めにこの敵を倒して仲間と合流しようと致命傷を狙い、首元に強烈な一撃を繰り出した。しかし、その攻撃は白い敵に弾き返される。弾き返された反動で後ろによろめき後退する。白い敵も勢いで後ろに下がったようで、二つの魔導機の間に距離ができる。

白い魔導機と睨み合いになる――冷静になって気がついたけど、白い魔導機から発せられる妙な気配が震えるほど恐ろしい……純粋に凄く大きな力を感じる。私の全てを容易に飲み込みそうな膨大な質量、触れるだけで溶かされるような強烈な熱量、さっきまで戦っていたのが信じられないくらい存在の差を実感していた。だけど、そんな恐怖の対象だけであるはずの強敵から、不思議な温かみも感じる。なんだろう、心がざわめき立つほどの刺激と、気分を高揚させる気配……恐れるあまりに混乱しているのかしら……ダメ、もしかしたら敵の術中にはまっているのかもしれない。私は混乱する頭のモヤモヤを振り払うように、白い魔導機に攻撃を仕掛ける。その攻撃は避けられる。だが、この相手がそんな簡単に仕留められるとは思っていない、私はレイピアを素早く引き戻し、間髪容れずに二撃目を繰り出した。だけど、頭部を狙ったその攻撃も、首を捻って避けられた。

私の攻撃が通用しない。そんな未知の経験が恐怖を増大させていく。次に来るであろう相手の反撃が恐ろしくなり、私は必死にレイピアの攻撃を浴びせ続けた。

一撃！　もう一撃！　攻撃を繰り出すたびに、なぜかあの勇太くんの優しい笑顔が思い浮かぶ……勇太くんの表情が頭に浮かぶたびに、なんとも言えない心の安らぎを感じる。だけど、その反面、戦闘中という現実が安らぎの気持ちを反発させて強烈な闘争心を生んだ。

癒しと闘争心の矛盾が、私の気持ちをさらに混乱させる。そして無我夢中の一撃が大事な思い出を呼び覚ます。

——学校帰り、私は近くの公園に立ち寄っていた。すると小さな女の子が泣いているのを見つける。声をかけると、ヒクヒクと泣きじゃくりながら、ママに貰った大事な手作りのブローチを、池に落としてしまったと伝えてきた。私は女の子を慰めながら、池に入りブローチを探した。必死に池の底の泥の中に手を入れて探していると、不意に声をかけられた。

「白雪、なに探してんだ？」

そう言いながら、彼はすでに池の中へと足を踏み入れていた。

「手作りのブローチ……」

そう言うと彼は無言で頷き、私と同じように泥の中に手を入れて探すのを手伝ってくれた。結局、ブローチを見つけたのは勇太くんで、彼はそれを見つけた時、自分のことのように喜び、満面の笑みで女の子にそれを渡した。私が彼に礼を言おうとしたら、彼の方からこう言ってきた。

「いや〜宝探しみたいで楽しかったよ。ありがとうな、白雪」

なぜ、礼を言おうとした私が礼を言われるのかと一瞬混乱していると、「じゃあな」と言って彼は去っていった。礼を言えなかったモヤモヤは、段々熱い何かに変化していくのがわかった。

その時、私の心に勇太くんの存在が深く刻み込まれた――。


渾身《こんしん》の私の攻撃に対して、白い魔導機が不意に後ろに飛んだ。予想しないその行動に、思い出の記憶は消え去り、一瞬思考が停止する。その間を狙って、白い魔導機が今度は私に向かって跳躍して一気に間合いを詰めてきた。

「うっ！　早い！」

接近すると白い魔導機は奇妙な槍を突き出して攻撃してきた。避けるのも間に合わない――私は咄嗟《とっさ》に槍に向かってレイピアを突き出していた。

ガキーン！　と妙に頭に響く音が鳴り響き、私のエルヴァラと白い魔導機は反発する磁石のように真逆の方角へと弾き飛ばされた。

すぐに体勢を立て直して、白い魔導機と対峙《たいじ》する。間合いがあると、長い武器を持つ相手の方が有利になる。私は一気に距離を詰めて自分の間合いへと持ち込もうとした。しかし、それを察したのか、白い魔導機は両刃の槍を半回転させながら驚異的なスピードで攻撃を繰り出してきた。

私はなんとかその攻撃を体を捻って避けると、白い魔導機の攻撃から逃げるように後退させられた。

やはり強い……これが獣王傭兵団の力なの!?

白い魔導機は後退するエルヴァラを追ってくるように攻撃を続けた。このままでは防ぎきれなくなる――私は思い切って敵の攻撃をレイピアで受け止めた。ギシギシとお互いを押し合うように力比べになった。そして相手のパワーがエルヴァラより上である事実を思い知る。

「ぐっ！　なんて力なの！　このままでは……！」

このままでは押し倒される――そう思った時、白い魔導機の後ろから時間差での強襲攻撃を指示されていた第二分隊がやってきた。

後ろからの攻撃に気がついた白い魔導機は、私との力比べを投げ出し、後ろの攻撃に対処し始めた。第二分隊に気を取られている今なら白い魔導機を倒せる！　私はレイピアに力を込めて攻撃しようと構えた。

その時、エミナの劣勢を知らせる声が聞こえた。

「結衣！　ダメ、この敵強い！　このままだと――」

見るとエミナのシュリアプルが金色の機体に抑え込まれ、今にも倒されそうな状態であった。このままエミナを見捨てることなどできない。私は白い魔導機への攻撃を止め、エミナの救援に向かった。だけど、これはエミナを助けたい気持ちだけではなかったかもしれない。白い魔導機の得体のしれない存在感から早く離れたいと思ってもいた。

金色の魔導機との距離を一気に詰める。そしてレイピアで貫こうとした。だけどその攻撃は盾で防がれる。あのタイミングの攻撃を防がれるとは思わなかった私は素直に驚く。

私の攻撃の隙に、エミナの紫の機体、魔導機シュリアプルが体勢を立て直し、金色の敵機の後ろに回り込んだ。

エミナは半月の特殊な刃を持つ剣で金色の敵機を攻撃する、だけどその攻撃も剣で弾き返される。

この敵も強い——獣王傭兵団は精鋭ばかりなの!?

エミナは連続で剣戟《けんげき》を繰り出す、私もその攻撃に合わせてレイピアで猛撃した。だけど、金色の敵機は盾と剣で私とエミナの攻撃を防ぎ続けた。

「やはりこの敵、獣王傭兵団に間違いないわ！　なんて強さなの！」

エミナも感嘆の声をあげている。

「結衣！　避けて！」

その声に反応して、私は上から放たれた矢に辛《かろ》うじて反応した。矢はエルヴァラの肩をかすめて後ろの地面に刺さる。

「ちょっと待って、あの青い敵機！　空を飛んでる！」

見るとふわふわと空を浮遊していた。飛んでいる魔導機を見るのは初めてだ。

「結衣、あの青いのがアローを撃ってくるから気をつけて」

「うん、わかった」

しかし、アローを警戒しながら金色の敵機と戦うのは至難の業であった。私とエミナの攻撃の手数は激減する。

「結衣、私が金色の動きを止めるから、その間に倒して」

「了解よ！」

エミナは金色の敵機に剣で斬りつける。それを盾で防いだ瞬間を狙っていたのか低い姿勢になると、横に回り込むような動きで移動して、一気に金色の敵機にそのましがみついた。

「今よ！」

私はレイピアを構えて、敵の胴部を貫き倒そうとした……しかし、その瞬間、聞いたこともないような放出音が鳴り響くと、私のエルヴァラは強烈な衝撃を受けていた。

「えっ！」

エルヴァラのコックピットのスクリーンには、自らの右腕が吹き飛んでいくのが映し出されていた。慌てて周囲を確認するが間合いに敵機の姿すら確認できない。私は右腕を失いバランスを崩したエルヴァラを立て直して、警戒するように周りを見渡した。だけど、そこで私の目に入ってきたのはエルヴァラの右腕を吹き飛ばした敵機ではなく、シュリアプルが金色の機体に剣で貫かれている姿であった。

「いや〜〜！　エミナ‼」

敵の剣が貫いているのはコックピットの位置だ。ゾッする感覚、私はエミナに呼びかける。

「エミナ！　エミナ！　応答して‼」

しかし、シュリアプルからの返答はなかった、血の気が引いていく……絶望と悲しみが溢れてきて何も考えられなくなっていった。

エミナを倒した金色の敵機が私に向かってくる。右手を失い、エミナを失い。呆然《ぼうぜん》とする私は動けなかった。

「結衣様！」

そう叫びながら後ろに控えていた高速ライドキャリアが金色の敵機に突撃した。金色の魔導機はそれをまともに受けて後ろに吹き飛ばされる。

「結衣様、早く搭乗してください！」

何も考えられなくなっていた私は、言われるままに高速ライドキャリアに乗り込む。ライドキャリアは鈍い起動音を響かせて、草木を蹴散らしながら戦場を離脱していった――。


どうやらチラキアの帝都に到着したようだ。そこまでの道中の記憶がない……不意にエミナの最後の瞬間を思い出し涙が溢れてくる――。

後で聞いたが、チルニの戦いはチラキアの完全な敗北で幕を閉じたそうだ……私たちが獣王傭兵団に負けたのが敗因だろう。

それからすぐにエミナの戦死と、部隊の全滅が伝わった。エリシアは上級ライダーを重んじる国である。その中でも数十人しかいないダブルハイランダーの死は皇帝を怒らすには十分な理由となった。すぐにエリシア本国から仇討《かたきう》ちの軍が送られてきた。

「ユウトさん……」

その軍は、大陸最強のライダーが率いる五百機の魔導機軍であった。

「結衣、大丈夫かい」

「エミナが……エミナが……私の眼《め》の前《まえ》で……」

「もう大丈夫、僕が来たから。獣王傭兵団とカークス共和国には皇帝から絶対殲滅命令が下された。彼らには捕虜も降伏も許されない。一緒にエミナの仇を討とう」

私は静かに頷いた。エミナを殺した獣王傭兵団の金色の魔導機、私はあの姿を忘れない……。

◇

ナナミの一撃により紫の機体の強敵は倒した。漆黒の機体には逃げられてしまったが、西は完全に無双鉄騎団によって制圧した。

戦闘後、すぐに中央へ援軍に行くつもりだったのだが、倒した敵機を確認していた俺は呻き声を聞いた。それはナナミを苦しめた紫の魔導機から聞こえたように思えた。

「ちょっと待って、何か聞こえたんだけど」

「魔導機の外部出力音ね。もしかしたら敵が生きてるのかも」

俺はアリュナのその言葉を聞いて、急いで紫の魔導機のところへ近づいた。

「おい、生きてるのか？」

自分たちで倒しておいて、その質問もおかしい話だが、いくら敵でも、倒してしまったらただの怪我人だ。生きていたら助けたい。

少しだけ呻き声が聞こえたように思える。俺は紫の機体のハッチの部分を、アルレオでこじ開けた。中には血だらけで倒れている一人の女性がいた。

俺はアルレオから降りると、すぐに女性に近づいた。

「大丈夫か!?」

だけど、女性から返事はない……口の部分に耳を近づけると、呼吸音は確認できた。

「どうしよう、生きてるみたいだけどやばそうだ」

「勇太、そいつは敵だけど助けるつもりかい」

「敵だったのはさっきまで。今はただの怪我人だろ」

「さすが私が惚れた男だね。ライドキャリアに医療カプセルがあるからそこまで運びましょう」

俺とアリュナは、血だらけの彼女をライドキャリアへと運んだ。医療カプセルに寝かせて、治療を開始する。機械の計器を見てアリュナが頷く。

「なんとか間に合ったみたいね、回復プロセスが始まったわ」

良かった、どうやら助かるみたいだ。医療カプセル内で女性の容態は安定していった。

「凄いね、この医療カプセルでなんでも治せるのか？」

「物理的な怪我ならだいたい対応できるけど、なんせ旧式だからね、時間はかかるよ。この怪我だったら完治するのに十日はかかるわね」

十日は長いけど死ぬよりはいいよな。本当に助けられてよかった。


それから俺たちは中央に向かおうとしたが、俺たちが向かう前にカークス軍が中央のチラキア軍を撃破して、チルニの戦いはカークス勝利で終わった。

「最後に戦ったあの漆黒の機体と紫の機体、かなり強かったみたいだけど、ナナミ、よく耐えたな」

俺がそう讃《たた》えると、ナナミは首を振ってこう言った。

「本当に必死に戦ってただけで、どうやって防いでいたか覚えてないよ。ナナミ、勇太に助けられてなかったらやられたと思う」

謙遜でもなんでもなく、それは事実なんだろう。本当にナナミを救えて良かった。

「それで結局、その援軍とやらは、どこの軍だったんだろうな」

ジャンが何げなくそう聞くと、ファルマから答えが返ってきた。

「あの敵の魔導機、国家マークは隠していたし、機体色も変更してたからわかりにくいけど、あれはエリシア帝国の中級汎用機のルーダンクラスだったよ」

それを聞いてジャンの顔色が変わる。

「嘘だろ……マジで言ってんのかファルマ」

「うん、間違いない、エリシアの魔導機は好きだからよく知ってる」

「おいおい……確かにチラキア帝国がエリシアの属国になったって話は聞いてるけどよ。まさか属国の戦争に出張ってくるとはよ」

「あのエリシアかい……カークス軍はその情報を知ってるのかな」

アリュナもエリシア帝国を知っているようだ。俺もどこかで聞いた覚えがあるんだけど思い出せないな……。

「いや、知らねえだろ。カークスの情報部は無能みたいだからな。知ってたらもっと慌ててるんじゃねえか」

「カークス軍の情報部が無能なのには同意するけどね。正確には情報部だけでなく、軍全体が無能だと思うけど」

呆《あき》れた表情からアリュナのその言葉が本音だとわかる。

「そうだね、今回もなんだかんだ言って報酬は払わない気がするし、獣王傭兵団にいいように操られてるんじゃないかな」

「おい、勇太、今回、カークスが支払いを渋ったら、もうこんな国は出るからな」

「わかっているよ、ジャン。仏の顔も三度までって言ったろ」

そして予想通りというか、なんというか、今回のいちゃもんはさらに強引で、俺たちを呆れさせるには十分であった。

「大軍を相手に善戦する獣王傭兵団の援軍を拒否し、中央の戦いを避けて敵のいない西に逃げ、戦った振りをして敵の撃破報告だけするとは……」

その言葉に、もはやなんの感情も湧いてこない。

「それが今回の戦いの無双鉄騎団への評価ですか、司令官さん」

「そうだ、残念だが今回も無双鉄騎団には報酬は支払われん」

「わかりました、それでは契約破棄とさせてください。もうこの国の為には戦えません」

「そうか、それは残念だな。私個人は君たちを評価してたんだけどな。まあ、自由な傭兵だ。好きにするがいい」

何をどう評価していたのか、理解に苦しむ。

「へんっ、俺たちがいなくなった後、強い敵がやってきても知らねえからな！　その時に後悔しても遅いってもんだ」

ジャンはチラキアの援軍がエリシア帝国だったことを知っているのでそう言ったようだが、カークス軍の司令官には何も響いてないようだった。

「強い敵が来た時には獣王傭兵団が倒してくれるだろう。彼らは君たちと違って本当の実力があるからな」

「本当の実力ね……それじゃ、せいぜい獣王傭兵団に守ってもらうんだな」

ジャンの捨て台詞に全く動じていないのを見ると、本気で獣王傭兵団の実力を信じているようだ。

もしかしたらこの司令官も被害者なのかもしれないな。

こうして、三度の戦いを経験したカークスを去ることにした。あまりいい思い出はないが、いい経験にはなったかもしれない。また、あの敵の女性は、今、医療カプセルから出すと危険だということで、カークスには引き渡さず、まだこのライドキャリアにいる。

「結局、ただ働きかよ。しかもお荷物の敵のライダー付きとは……」

「まあ、実戦練習だったと思えばいいよ。敵のライダーは元気になったら解放してあげよう」

「確かに報酬はなかったけど物資の補給は受けれたから、それほど赤字ってこともなかったからな。そう考えれば最悪ってほどでもねえか。あっ、そうだ、敵のライダーってエリシア帝国の上級ライダーなんだよな。身代金《みのしろきん》とか取れねえかな」

「身代金って……なんか犯罪者みたいで嫌だ」

「チッ……なんともいい子ちゃんだな、勇太は……」

「そこが良いんじゃないの。あんたも少しは見習いなさい」

「ヘンッ！」

「さて、それより次はどこ行くんだい」

アリュナがそう聞くと、ジャンはすぐにこう答えた。

「こんなに早くカークスを去るとは思ってなかったからな。まだ考えてねえ」

「じゃあ、南の小国群辺りはどうだい、あの辺なら小競り合いが多いだろうし」

「まあ、そうだな、稼ぎは少なそうだが、カークスみたいな性悪な国も少なそうだから、それもありかもな」

そんな話し合いをアリュナとジャンがするが、俺は地理やこの世界の情勢に疎いので何も意見ができない。

アリュナとジャンの二人の意見で、俺たちは次の雇い主を求めてそのまま南へと向かった――カークス共和国が滅亡したとのニュースを聞いたのは、それから五日後のことであった。

◇

右腕を失った私のエルヴァラは、エリシア本国から来た整備士によって修復された。壊れた部位を見て整備士は怪訝そうな表情でこう言った。

「エルヴァラのSS装甲を、どんな武器を使ったらこんな壊れ方にできるのか……」

私も敵の武器を確認できなかった。あれは一体なんだったのか……。


「どうだい、結衣、動きは大丈夫かい」

修復されたエルヴァラの確認をしていると、ユウトさんがそう話しかけてきた。

「はい、問題ありません」

「そうか、それはよかった。僕はもう出撃するけど一緒に来れるかい」

「もちろん行きます！　エミナの仇を討ちに……」

そう言うとユウトさんは頷いた。

カークス共和国と獣王傭兵団への攻撃は、完全な包囲殲滅作戦であった。

「一人も逃すつもりはない。捕虜も降伏も認めない完全な殲滅戦だからそう認識してくれ」

カークス共和国を包囲して八方向から攻め立て、敵軍を駆逐する。単純だが絶対的戦力がなければ不可能な作戦だったがユウトの軍にはそれを実行する力があった。

そして大陸最強のライダーの実力は本物であった。私たちは圧倒的な力でカークス共和国を蹂躙《じゅうりん》して敵の魔導機を破壊していった。カークス共和国の抵抗も最初だけで、首都まで追いやられた時には白旗を振って必死に降伏を呼びかけていた。もちろん、完全殲滅の命が皇帝から下されているこの状況で、降伏など無意味なことだった。

首都も陥落して、カークス共和国は制圧された。ほとんどの敵の魔導機は殲滅され、カークス共和国の首脳も捕らえられた。だけど、私には一つだけ気がかりなことが残っていた。あの金色の魔導機、それにその仲間の魔導機も敵軍に見当たらなかったのだ。獣王傭兵団はどこに行ったのか……。

それから私の元に獣王傭兵団の団長が捕らえられたと情報が入った。

「今、その獣王傭兵団の団長はどこにいるのですか」

「首都の中央広場です、もうすぐ処刑されるみたいですよ」

私は急いでそこへ向かった。確認しないと、エミナの仇の最後を……。

中央広場には二人の男が縛られていた。

「どちらが獣王傭兵団の団長ですか」

私は見張りの士官にそう聞いた。

「こちらはカークス軍の司令官です。獣王傭兵団の団長はあっちに縛られている男ですね」

私は獣王傭兵団の団長に話しかけた。

「私が誰かわかりますか」

「はぁ？　知るわけねえだろ！」

「私はチルニであなたたちと戦った漆黒の魔導機のライダーです」

エルヴァラの特徴を言ってそう伝える。

「漆黒……もしかして散々俺たちを痛めつけてくれた！　こんな女のライダーだったのかよ！　くそっ！」

「何を言ってるんですか、私たちはあなた方に敗北したじゃないですか」

「はぁ？　何言ってんだ！　俺たち獣王傭兵団はお前たちに散々にやられて逃げたじゃねえか」

話が噛《か》み合《あ》わない、どういうこと？

「あなたの仲間に金色の魔導機はいないのですか？」

そう言うと、獣王傭兵団の団長は何か閃《ひらめ》いたのか豪快に笑い出した。

「ギャハハハッ！　もしかしてお前たちを散々にぶっ倒したのって、金色、白、赤、青の四機の魔導機じゃねえのか」

「そ……そうです！　それは獣王傭兵団ですよね」

「ヒャハハハッ！　面白《おもしれ》え！　これこそ墓穴を掘ったって話だな！　いいか、教えてやるよ、そいつらは獣王傭兵団じゃねえよ。無双鉄騎団って傭兵団だ！」

「無双鉄騎団……」

「あいつら馬鹿みたいに強《つえ》えからな！　まともに張り合ってたら勝てねえと思って、俺たちはカークス軍の情報部や、他の傭兵団、現場の正規兵なんかを買収して、奴らの手柄を裏でぶん取ってたんだよ！　まさか敵さんにもそれが伝わってるとはな！　こりゃ傑作だ！」

その話を聞いた隣の男、確かカークス軍の司令官が大きな声でこう怒鳴った。

「ちょっと待て、貴様！　なんだ、その話は！　どういうことか説明しろ！」

「言った通りだよ！　ルバ要塞戦で見ちまったんだよ！　無双鉄騎団は化け物ばかりの最強の傭兵団だ！　あんな奴らと正面から張り合えないから裏でコソコソやってたんだよ！　司令官、馬鹿だったな！　あいつらを追い出してなかったら、あんたもこんな無様なことになってなかったぞ！　ギャハハハハハハ!!」

「き……貴様!!　お……俺も騙してたんだな！」

「もう遅いんだよ！　あいつらはどっかに行っちまったしな！　二人で大人しく処刑されようや」

「ふざけるな！　貴様のせいで……俺には妻も子もいるんだぞ！」

「それは残念だな、見る目がなかった自分を恨みな」

「くっ……無双鉄騎団のあのふざけた撃破数は本当だったのか……」

「あいつらにバトルレコーダーを改竄する技術なんかあるかよ、それも俺が広めたデマだ」

「なんてことだ……俺は……俺はそんな化け物みたいに強い奴らを……」

「そろそろ処刑の時間です」

冷たく、淡々と処刑担当の士官はそう言った。処刑方法は火あぶりだそうだ。流石にそんなのは見たくないので、私はその場を後にした。

◇

「おい、ちょっと見てみろよ！　カークス共和国、俺たちがいなくなってすぐ滅亡したみたいだぞ」

ジャンが町で購入した情報紙を読んで嬉しそうにそう報告する。

「やっぱりエリシア帝国に潰されたのかね」

アリュナが本を読みながらそう聞くと、ジャンは満面の笑みでこう答えた。

「エリシアからあの大陸最強ライダーがご登場だとよ。そりゃカークスなんてひとたまりもねえだろうな」

「ユウトだね、あれこそ本当の化け物だよ」

「アリュナ、知ってるのかよ」

「前に縁があってね、絶対に戦いたくないと思った」

「勇太でも負けそうなのか？」

「それはわからない。ユウトの絶対的な強さを知ってるけど、どうしてかな、勇太ならなんとかしそうだと思うわね。やっぱり惚れてるからそう思っちまうのかね」

面と向かって惚れたとか言われるとかなり照れ臭い。俺はアリュナとジャンの会話から離れて、キッチンでお湯を沸かしてお茶を入れようとした。

「勇太、ほら、ファルマと一緒にランチ作ったんだ。ちょっと味見してよ」

ナナミが嬉しそうに作った料理を持ってきた。

「どれどれ」

手で摘まんで味見する。辛いとも甘いとも何とも言えない絶妙な味が口に広がる。

「ねえ、ねえ、どう、美味しい？」

ハッキリ言って不味《まず》かった。しかし、そう言ってしまうと一生懸命作った二人に悪いのでやんわりとそれを伝えようとする。

「そうだな、個性的で良いと思うけど、もう少し味が落ち着くといいかもな」

「そかっ、ファルマ、もう少し色々味付けてみようよ」

ナナミは料理中のファルマにそう伝える。いや、色々味付けるって、もしかして適当に味付けしてるのか？　そりゃあんな味になるよ……。

俺はやんわりと不味いのを伝えたが、世の中にはデリカシーとか配慮とかあまり考えない人間もいる。現実主義で無駄を嫌うジャンもその一人だろう。彼はナナミの持っていた料理を口に放り込むと、問答無用でこう言い放った。

「不味い！　なんだよ、コレ！　ちょっと、どんな味付けしてるんだ、お前ら」

「不味くないよ、勇太は個性的で良いって言ったもん！」

「こら、勇太、はっきり言ってやるのも優しさだぞ」

「勇太は優しいもん、ジャンと違うよ！」

「馬鹿野郎、変な気を使うだけが優しさじゃねえんだよ。時には厳しく言うのも大事だ。ほら、ファルマ、ちょっと貸してみろ。いいか、料理の味付けってのはな、色々入れりゃいいってもんじゃなくてな――」

ブツブツ文句を言いながらもジャンは二人に料理を教え始めた。確かにジャンの言う通りに、厳しいことでも時にはハッキリと言わないといけない時もあるだろう。

「何してるんだい、勇太。暇ならあっちでイチャイチャしようか」

そう、アリュナにもハッキリとこう言うべきだ。俺には好きな女の子がいて、その子と将来、良い感じになって、恋人同士になったりして。だからアリュナとイチャイチャとかできないと……。

「アリュナ、あのな」

「どうしたんだい、改まって」

「――いや、何でもない、ただ、イチャイチャはやめとこうか」

「そういう初々しいとこも素敵だね。まあ、焦りはしないよ。じっくりと行こうじゃないか」

やはり、ハッキリとは言えなかった。情けないな……。

「勇太、アリュナ、ご飯できたよ」
ナナミが嬉しそうにそう言ってくる。ジャンの修正が上手《うま》くいったことを願いながら、食事が並ぶテーブルへと歩みを進めた。

（続く）

電撃の新文芸

クラス最《さい》安《やす》値《ね》で売《う》られた俺《おれ》は、実《じつ》は最《さい》強《きょう》パラメーター

著者／RYOMA
イラスト／黒《くろ》井《い》ススム

2021年1月17日　初版発行

発行者／青柳昌行
発行／株式会社ＫＡＤＯＫＡＷＡ
〒102-8177　東京都千代田区富士見2-13-3
0570-002-301（ナビダイヤル）
印刷／図書印刷株式会社
製本／図書印刷株式会社

【初出】……………………………………………………………………
小説投稿サイト『カクヨム』(https://kakuyomu.jp)に掲載されたものを、加筆・修正しています。

ISBN978-4-04-913535-0　C0093　Printed in Japan

ファンレターあて先
〒102-8177
東京都千代田区富士見2-13-3
電撃文庫編集部

「RYOMA先生」係
「黒井ススム先生」係

異修羅Ⅰ
新魔王戦争

全員が最強、全員が英雄、
一人だけが勇者。“本物”を決める
激闘が今、幕を開ける——。

魔王が殺された後の世界。そこには魔王さえも殺しうる修羅達が残った。一目で相手の殺し方を見出す異世界の剣豪、音すら置き去りにする神速の槍兵、伝説の武器を三本の腕で同時に扱う鳥竜の冒険者、一言で全てを実現する全能の詞術士、不可知でありながら即死を司る天使の暗殺者……。ありとあらゆる種族、能力の頂点を極めた修羅達はさらなる強敵を、“本物の勇者”という栄光を求め、新たな闘争の火種を生みだす。

著／珪素
イラスト／クレタ

電撃の新文芸

リビルドワールドI〈上〉

誘う亡霊

電撃《新文芸》スタートアップコンテスト《大賞》受賞作！
科学文明の崩壊後、再構築《リビルド》された世界で巻き起こる
壮大で痛快なハンター稼業録！

著／ナフセ
イラスト／吟
世界観イラスト／わいっしゅ
メカニックデザイン／cell

旧文明の遺産を求め、数多の遺跡にハンターがひしめき合う世界。新米ハンターのアキラは、スラム街から成り上がるため命賭けで足を踏み入れた旧世界の遺跡で、全裸でたたずむ謎の美女《アルファ》と出会う。彼女はアキラに力を貸す代わりに、ある遺跡を極秘に攻略する依頼を持ちかけてきて――!?

二人の契約が成立したその時から、アキラとアルファの数奇なハンター稼業が幕を開ける！

電撃の新文芸

Unnamed Memory Ⅰ

青き月の魔女と呪われし王

著／古宮九時
イラスト／chibi

**読者を熱狂させ続ける
伝説的webノベル、
ついに待望の書籍化!**

「俺の望みはお前を妻にして、子を産んでもらうことだ」

「受け付けられません！」

　永い時を生き、絶大な力で災厄を呼ぶ異端――魔女。強国ファルサスの王太子・オスカーは、幼い頃に受けた『子孫を残せない呪い』を解呪するため、世界最強と名高い魔女・ティナーシャのもとを訪れる。“魔女の塔”の試練を乗り越えて契約者となったオスカーだが、彼が望んだのはティナーシャを妻として迎えることで……。

「」カクヨム
2,000万人が利用!
無料で読める小説サイト
イラスト:スオウ
カクヨムでできる
3つのこと
What can you do
with kakuyomu?
1
書く
Write
便利な機能・ツールを使って
執筆したあなたの作品を、
全世界に公開できます
2
読む
Read
有名作家の人気作品から
あなたが投稿した小説まで、
様々な小説・エッセイが
全て無料で楽しめます
3
伝える
つながる
Review & Community
気に入った小説の感想や
コメントを作者に伝えたり、
他の人にオススメすることで
仲間が見つかります
会員登録なしでも楽しめます!
カクヨムを試してみる
「」カクヨム https://kakuyomu.jp/
カクヨム
検索